물랭루주에서
왔습니다

From *Moulin Rouge*

PARIS
FRANCE

물랭루주에서
왔습니다

최난영 장편소설

고즈넉
이엔티

CONTENTS

반찬통에
담긴 골분

파리의 클리쉬 거리 한가운데서 경찰이 쏜 테이저건에 맞아 정신을 잃었다. 그들이 내게 그런 식으로 공격을 가할 거라고는 생각지도 못했다. 그때 나는 무방비 상태였다. 전기침이 내 몸뚱이 어딘가에 명중했고, 동시에 통증이 몸 전체를 헤집었다.

쓰러지기 전, 손에 들고 있던 락앤락 통이 먼저 바닥에 떨어졌다. 네모난 통이 뒹구는 걸 보며 나 역시 그대로 바닥에 쓰러졌다. 몸속의 근육들이 순식간에 모두 풀려버린 기분이었다. 주변에 있던 사람들이 괴성과 비명을 질러댔다. 너무 짧은 순간에 일어난 일이라 정작 나는 아무 소리도 내지 못했다.

비행기에서 내린 후로 줄곧 내 귀는 아무짝에도 쓸모없었다. 악악 질러대는 사람들의 비명은 더욱 커졌고 소란이 그 소리에 다 잡아먹혔다. 언어도, 문화도, 생긴 것도 다른데 비명만큼은 이처럼 선명하게 같다니. 그제야 귀는 모처럼 제 기능을 수행하는 듯 보였다. 그 때문인지 나는 아수라장 속에서 평온 이상의 감정을 느꼈다. 심지어 내 몸이 중력을 잊은 채 연기처럼 모락모락 피어오르는 것 같았다. 그 후로는 더 기억이 나지 않는다.

눈을 떠보니 병원 침대 위였다. 침대와 냉장고, 라디에이터, 간이 탁자, 그 주변으로 의자 세 개가 놓여 있었다. 내가 정신을 잃었던 동안 한국으로 이송된 걸까, 그런 생각이 들 정도로 익숙한 풍경이었다.

문밖에서 몇 사람이 대화를 나누는 소리가 들렸다. 모두 남자들이었으며 그들은 불어를 구사했다. 그제야 간이 탁자 위에 놓인 세 개의 종이컵이 눈에 들어왔다. 누군지 모를 세 사람이 나의 병상 곁을 지키고 있었던 것이다. 시간이 얼마나 흘렀는지는 알 수 없었다.

한동안 잠을 자지 못했다. 수면제를 먹어도 효과가 미미했다. 피곤은 무성하게 자랐다. 그런 상태에서 열두 시간이 넘는 비행은 곤욕 그 자체였다. 테이저건은 끔찍한 고통이 분명했지만, 덕분에 푹 잘 수 있었다.

꿈도 꿨다. 나는 꿈속에서 본 것들이 증발해버리기라도 할까 봐 다시 눈을 감았다. 병원 침대에 누워서 특별히 할 일도 없었다. 굳이 할 일을 찾는다면 애꿎은 손톱이나 물어뜯으며 걱정하는 일뿐이었다.

하지만 이마저도 쉬운 일은 아니었다. 걱정이 발현되려면 위험이나 위협의 가능성이 있는 그 어떤 것을 파악하는 일이 먼저였다. 샤를 드골 국제공항에 도착할 때까지 내 머릿속을 맴돌던 다양한 가능성의 우려를 떠올렸다. 그 망상의 목록을 아무리 뒤져봐도 이런 상황은 나오지 않았다. 그러니 걱정하는 일조차 엄두가 나질 않았다.

한편으로는 억울하기도 했다. 억울하면 무작정 울고 싶어진다. 살면서 그 감정이 제대로 해소돼본 경험이 내게는 없다. 억울했으나 결국 더 억울해지고야 마는, 이상하지만 당연한 경험뿐이었다.

머리가 지끈거렸다. 조금 더 진지하게 꿈속에 머무르는 것이 나으리라. 운이 좋으면 더 잘 수 있을지도 모른다. 여기서 도망칠 곳이라고는 오직 그곳뿐이었다.

의자를 차지했던 주인들이 돌아오기 전까지는 말이다.

꿈속에서 나는 어느 해변에 앉아 있었다.

잔잔한 바다는 육지보다 더 편평해 보였다. 지루하리만큼 고요한 평온 속에서 나는 물 위를 걷는 남자를 떠올렸다. 잔물결이 발등을 슬쩍 적시고 갈 때마다, 베드로를 향해 물 위로 걸어오라던 남자의 그 외침이 내게 들리는 듯했다.

그랬다. 다른 이들과 달리 베드로는 망설임 없이 수면 위로 발을 내디뎠다. 베드로는 남자를 만나기 전엔 어부였다. 물은 그에게 친숙했을 것이다. 그동안의 생계 수단이었으며 대부분의 삶이었으니까. 거기에 남자에 대한 믿음까지 더해지니 어느새 베드로는 물 위를 걷기에 충분한 사람이었다.

하지만 기적도 잠시 베드로는 물속으로 가라앉고 만다. 남자는 베드로에게 소리쳤다.

믿음이 작은 자여, 왜 의심하였느냐.

해변에 앉아 있던 나는 생각을 잠시 멈추고 일어섰다. 바지에 묻은 모래를 털어내며 물가로 걸어갔다. 그리고 수면 위에 잠시 발을 대보았다. 이내 뒷걸음쳐 물러났지만 말이다.

나는 바다와 붙어 있는 동네에서 태어났다. 내내 근방의 소금기에 절은 값싼 집들로 옮겨 다니며 살았다. 스무 살이 돼 대학에 진학하고 나서도 달라지는 건 없었다. 형태만 조금 다른 채로 실정은 비슷했다. 무슨 설정처럼 말이다. 아니, 더 나빠졌다는 편이 솔직할 테다.

성장하는 동안 나는 베드로의 '믿음의 크기'와 '의심의 질량'에 대해 부지런히 생각해왔다. 믿음과 의심보다 앞선 것. 그것의 실체를 맞닥뜨리기 전까지는.

베드로는 사람을 낚는 어부가 될 것이라는 뜻밖의 미래를 꿈꿨다. 배도 버리고 그물도 버렸다. 그런 건 쉬이 버릴 수 있었을지 모른다. 하지만 갈릴레이 호숫가에서 잡은 고기를 소금에 절이고 예루살렘에 가져다 팔며 가족의 생계를 책임져야만 했던, 그 지독한 현실의 무게도 함께 버릴 수 있었을까.

베드로의 눈앞에는 근심이 놓여 있었을 것이다. 자신이 따르는 남자에게도 나머지 사도들에게도 들키지 않았을 뿐이다. 근심은 믿음을 좀먹고 자신을 매 순간 의심하게 한다. 현실과의 무수한 갈등을 들쳐 멘 적 없는 사람은 모른다. 오롯이 자신의 몫으로 남겨진 것들. 마음이 그토록 무거운데 물 위를 대체 무슨 수로 걷느냔 말이다. 나는 항상 이 생각의 결말을, '참 꿈도 야무졌다'로 끝맺곤 했다.

손이 까슬까슬했다. 모래라고 하기에는 유난히도 반짝이는 결정체가 눈에 들어왔다. 축축한 손바닥 안에서 그것들은 순식간에 녹아버렸다. 다시 바닥에 앉으려는데 내 옆에 어느새 윤이 다가와 있었다. 거추장스러운 무대의상까지 갖춰 입고 말이다.

"윤 사장님?"

너무 놀란 나머지 윤을 노려보다시피 했다. 윤은 쪼그리고 앉아 모래를 손가락으로 콕콕 찍어 맛보았다. 그리고 아무 일도 없었다는 듯 내게 말했다.

"너 또 베드로 생각했구나."

윤이 내 생각을 다 읽고 있는 것 같아 얼굴이 화끈거렸다. 베드로가 아니라 나 자신의 무게를 들킨 기분이었다. 태연한 척하려 윤의 시선을 피했고 괜히 주변을 두리번거렸다.

그러다 이상한 것들이 눈에 띄었다. 발을 적시는 바다의 색이 비정상적이라 할 만큼 녹색 빛이다. 무엇보다 윤이 내 옆에 있다는 것이다. 분명, 락앤락 통 속에 넣어뒀는데.

나는 이내 꿈이라는 것을 자각했다. 윤은 그러거나 말거나 또다시 모래를 집어 혀끝에 올려놓으며 말했다.

"이거 설탕인 줄 알았니?"

익숙한 내음이 파도를 따라 훅 끼쳐왔다. 윤이 품에 감춰 온 잔을 꺼내 바닷물을 퍼 담았고 모래를 조금 섞어 그것을 마시기 시작했다. 나는 그 모습을 가만히 바라보았다. 웃어야 할지 울어야 할지 망설였다. 하지만 이내 코끝이 찡해지는 것을 느꼈다.

윤이 말했다.

"좋은 품질의 압생트야."

평상시처럼 온화한 윤을 좀 더 보고 싶은데 눈물이 자꾸만 앞을 가렸다. 뿌연 시야 사이로 저 멀리 파도에 무언가 실려 두둥실 떠내려오는 것이 보였다. 압생트로 된 바다니까 빈 술병이라도 되는 모양이라고 생각했다. 그런데 해변으로 떠내려온 것은, 뜻밖에도 의족이었다.

윤은 물속에서 의족을 건져 들었다. 어린아이처럼 해변에 철퍼덕 주저앉았다. 여러 겹으로 덧댄 풍성한 치맛자락을 허벅지까지 걷어 올렸다. 나는 의도적으로 그걸 보지 않으려 했다. 윤이 좀 더 편히 그 일에 집중할 수 있도록 뒤돌아 있었다.

"à la procaine(다음에 만나)."

윤의 목소리를 듣고 다시 시선을 돌렸다. 하지만 윤은 이미 그 자리를 떠난 뒤였다. 말릴 새도 없이 바다 위에 서 있었다. 물 위를 걷는 것으로도 모자라 캉캉 춤을 추며 내게서 점점 멀어져갔다. 세찬 발차기를 하며 동시에 치맛자락을 잡은 두 손을 양옆으로 흥겹게 흔들어댔다.

모래사장에는 윤이 비운 술잔 하나가 꽂혀 있었다.

"임도희 씨!"

익숙한 한국어에 놀라 눈이 번쩍 뜨였다.

"임도희 씨, 정신이 좀 드세요?"

구원처럼 들리는 음성이 병실을 울렸고 정말 신을 만난 기분이었다. 나는 세차게 고개를 끄덕였다. 그는 주프랑스 대한민국 대사관에서 나온 직원이었다. 나머지 두 사람은 프랑스인이었고, 프랑스 경찰소속 특별 조사관이라고 소개했다.

대사관 직원은 내 머리맡의 인터폰을 통해 호출했다. 아마도 내가 깨어났다는 것을 알리는 듯했다.

"여기가 어딘지는 아시겠어요?"

"테이저건에 맞았고 정신을 잃었어요. 어딘지 정확히는 모르지만 근방의 병원이겠죠."

프랑스 조사관 둘 중 조금 앳돼 보이는 이가 손에 든 서류와 나를 번갈아 훑어보았다. 한참을 그렇게 무뚝뚝한 표정으로 일관했다. 나는 영 어색해 일부러 미소를 꾸며 지었는데 그는 도리어 인상을 찌푸렸다.

곧 다른 이가 침대 위로 뭔가를 올려 놓으며 내게 뭐라 말했다. 그는 나이가 좀 들어 보였으며 다른 조사관보다 선임인 듯했다. 프랑스 배우 뱅상카셀을 닮은 것 같기도 했고 풍성하게 턱을 뒤덮은 수염 때문인지 산타클로스 같기도 했다. 어쨌든 그도 내게 우호적이진 않았다. 그가 하는 말을 알아들을 수는 없지만 말투와 표정만으로도 충분히 감지했다.

침대 위에 놓인 것은 내 가방이었다. 사람도 아니고 한낱 물건에 불과해도 온통 낯선 데서 익숙한 것을 만나니 반가운 마음이 들었다. 더욱이 어딜 가든 짐 가방으로 사용해온, 나와는 연이 깊은 보스턴 백이었다. 안타깝게도 손잡이 한쪽

이 끊어져 있었다. 나는 위로라도 하듯 가방을 쓰다듬었다. 대사관 직원이 통역했다.

"짐을 확인해보라네요."

며칠 되지 않는 짧은 일정만 계획했으므로 출발했을 때부터 가방은 거의 비어 있다시피 했다. 마시다 남긴 물 한 병 그리고 여권을 비롯한 각종 서류, 수첩, 핸드폰, 지갑……. 단하나, 그것만 없었다.

"없어요…… 락앤락 통이."

대사관 직원은 의도적이라 할 만큼 크게 한숨을 내쉬더니 다시 입을 열었다.

"다른 것들은 모두 있습니까?"

내가 고개를 끄덕이자 기다렸다는 듯 후임 조사관이 서류 하나를 들이밀었다. 곧 대사관 직원이 말했다.

"가방과 소지품을 확인했다는 서명을 하랍니다."

나는 머뭇거렸다. 후임 조사관은 무슨 일인지 싶어 대사관 직원을 빤히 쳐다봤다. 그제야 대사관 직원은 내게 락앤락 통의 행방을 들려줬다.

"그건 주요 증거물로 채택돼 경찰서에서 보관하고 있어요."

후임 조사관은 펜으로 서류를 탁탁 소리 나게 치며 서명을 재촉했다.

"저들 심기 건드려봤자 좋을 것 없어요. 빨리 서명이나 하세요. 지금 발칵 뒤집혔습니다."

"발칵 뒤집히다니요?"

"처음은 국제적 망신으로 끝날 일이었는데 임도희 씨가 스무 시간 넘게 정신없이 자는 바람에 국제적 이슈가 돼버렸어요. 프랑스 경찰에서 특별 조사관까지 파견한 거 보면 모르겠어요?"

"제가 너무 많이 자서요?"

"의사는 일반적인 수면 상태라고 진단했지만, 어떤 프랑스 기자들이 일방적으로 기사를 썼어요. 경찰의 오판으로 빚어진 과잉진압이라고, 그래서 의식불명 상태라고……. 아니, 그런데 도대체 왜 그런 짓을 벌인 겁니까?"

나는 쉽사리 대답하지 못했다. 그러는 동안 간호사와 의사가 다녀갔다. 별다른 소견이 없으니 내일쯤 퇴원해도 되겠다고 했다. 대사관 직원은 내게 그 내용을 통역해주고, 조사관들과는 꽤 많은 이야기를 주고받았다.

샤를 드골 공항에 도착해서 내가 가장 먼저 한 건 얼마 되지 않는 짐들을 뒤적여 락앤락 통을 확인하는 것이었다. 그건 출발할 때와 다름없이 잘 보관돼 있었다. 잠그고 또 잠그는, 그 이름만큼이나 완벽한 밀폐력이었다.

공항은 내 생각보다 열 배쯤은 더 컸고, 복작거리는 시장통처럼 어수선했다. 입국심사를 마치고 수화물을 찾는 데 시간도 꽤 소요됐다. 그동안 약간의 두려움도 이마에 맺히는 땀처럼 송글거렸다. 하지만 우려와 달리 르와시 버스를 탈 수 있는 터미널을 수월하게 찾았다. 버스를 기다리며 바람을 쐬니 긴장했던 마음도 조금 누그러들었다.

르와시 버스는 두 량의 버스를 굴절 마디로 연결해 무척 길었다. 그 기다란 몸체는 커브 길에서 유연하게 구부러졌다. 내 눈에는 그게 거대한 아코디언처럼 보였다. 도로를 달린다기보다 벨로즈를 쉴 새 없이 움직이며 연주하는 것 같았다.

버스는 한참 동안 공항 내부의 지정된 터미널을 돌며 파리 시내로 나갈 사람들을 태웠다. 여러 나라에서 온 여행객들과 파리 시민들이 각자의 음계 소리를 내며 쏟아져 들어왔다. 어느새 버스 안은 발 디딜 틈 없이 꽉 찼다. 나는 파리의 악보를 천천히 훑어봤다.

여권을 만든 것도, 당연히 비행기를 타본 것도 이번이 처음이었다. 내 또래로 보이는 이들이 「사랑해 파리」라고 쓰인 여행 책자를 보며 떠들고 있었다. 그들의 생기와 여유가 탐났다. 그때 그들 중 한 사람과 눈이 마주쳤고 나는 시선을 슬그머니 내렸다.

"혼자 여행 오셨어요?"

나를 보고 건넨 질문이라는 걸 알았지만 대답은 하지 않았다. 그러자 다른 한 명이 거들었다.

"거봐, 내가 중국인이라고 했지."

그들 모두가 틀렸다. 나는 중국인도 아니고, 파리에 여행 온 것도 아니었다.

한 시간쯤 지나서 '클리쉬 대로 82'에 드디어 도착했다. 거기엔 오래된 약속처럼 빨간 풍차가 기다리고 있었다. 사진으로 봤던 것보다 훨씬 낡았으며, 그다지 화려해 보이지도 않았다.

날이 저물기 전이라 빛을 받지 못해 그럴 것이라며 스스로를 위로했다. 어차피 윤은 실망하지 않을 것이다. 무대 위의 윤을 떠올렸다. 그 얼굴에 감돌던 벅찬 환희! 가슴이 아렸다.

가방에서 락앤락 통을 꺼냈다. 이동 중에 통이 깨지거나 샐 수 있어 지퍼백으로 여러 번 감쌌다. 지퍼백의 맞물린 이를 벌려 또 다른 지퍼백을 열었고, 또 열었다.

봉투 안에 대고 나지막하게 속삭이는 것도 잊지 않았다.

"물랭루주에 다 왔어요."

건너편 블랑슈 역 앞에 세워진 영화 홍보 판을 바라봤다. 기다란 원통 모형으로 높이 치솟은 홍보 판이 빙그르르 돌아갔다. 영화 포스터 속에서 여자와 남자는 포옹하고 있었는데 마치 왈츠라도 추는 것 같았다. 지구가 도는 한 그들은 계속 춤출 작정인 것처럼 보였다. 잠시 왈츠 추는 윤을 상상도 해봤지만…… 그건 불가했다.

내용물을 쏟기라도 할까 봐 신경을 곤두세우고 뚜껑을 열었다. 신중을 기울이는 동안 '쏟는 것'과 '뿌리는 것'의 행위가 어떻게 다른지 생각했다. 어차피 둘 다 결과적으로는 바닥에 닿아 스며들거나 날아가겠지만, 전자는 후자보다 불경스러웠다.

멸치볶음과 오이무침, 때로는 계란말이나 김치 따위가 들어 있던 락앤락 통이었다. 늘 간이 맞지 않던 반찬이 담겼던 곳에, 이제 그것을 내게 만들어 주던 이가 담겨 있었다.

"지금 상황이 무척 안 좋다는 것쯤은 더 말 안 해도 잘 아시리라 믿어요."

대사관 직원이 말했다. 나는 아무 말 없이 그를 쳐다봤다.

"프랑스 내부에서 테이저건 사고가 종종 있었어요. 테이저건 사용을 놓고 찬반 여론도 끊이질 않았고요. 프랑스 경찰은 어떻게 해서든 정당성을 확보하려 들 거예요. 테러범을 체포하기 위한 최소한의 대응이었다고 계속 주장하고 있습니다. 비록 그것이……."

"테러범요?"

나는 어처구니가 없었다. 건너편 벽에 기대 서 있는 프랑스인들을 향해 있는 힘껏 고개를 흔들고 손을 내저었다. 윤이 불어 공부를 할 때 옆에 끼어들어 하지 않은 것을 후회했다. 대사관 직원은 제 이마를 짚으며 탄식처럼 한마디를 뱉어냈다.

"탄저균인 줄 알았답니다."

잠시 멍했다. 생각지도 못한 단어들이 내 앞으로 툭 던져졌다. 하지만 어디까지나 오해일 뿐이므로 해명하면 될 일이라 여겼다.

"골분이라고 말해주세요. 그러면 되잖아요."

나는 목소리를 한층 더 높여 반박했다. 그건 사실이었고, 확인도 어렵지 않은 일이었다. 판단하는 데 문제도 없었다. 그래서 당당했지만, 한편으로는 간절했다. 프랑스인들은 내가 하는 말을 통역 없이는 알아들을 수 없으니까. 나의 결백을 알아주길 바라는 마음을 온몸으로 호소해야만 했다.

"저들도 지금은 잘 알고 있습니다. 그런데 그 시각 클리쉬 거리 일대에 있던 많은 파리 시민과 관광객들이 얼마나 기겁했는지 알아요? 세상에! 어떻게 이런 일을 벌일 생각을 한 겁니까. 테이저건이 아니라 진짜 총에 맞을 수도 있었어요!"

진짜 총이라는 말에 순간 귓불이 총이라도 맞은 양 뜨거워졌다.

"그러니까 전 말이에요, 책에서 봤어요. 영화에서도 봤고요. 프랑스인들은 공동묘지로 데이트도 가고 산책하러 가기도 하고. 이런 것에 관대한 문화라고 여겼어요."

대사관 직원은 대답 없이 눈을 천천히 감았다 뜨기만을 반복했다. 나는 그 동작에 정신이 팔렸고 무슨 말을 하려 했는지도 잊었다. 그의 흰자에 비춘 실핏줄을 얼핏 보며 변명이랍시고 정리되지 않은 말을 아무렇게나 뱉었다.

"어쨌든 전 이 일을 꼭 해야만 했어요."

내가 말을 이어갈수록 그의 미간이 좁혀졌다. 아마도 '꼭 해야만 했다'는 부분이 심히 거슬린 것처럼 보였다.

뱅상카셀이자 산타클로스가 간이 탁자를 노크하듯 두드리며 주의를 끌었다. 입가를 씰룩거리며 대사관 직원에게 한참을 이야기했다. 말을 알아들을 수는 없어도 대사관 직원의 얼굴이 벌겋게 달아오르는 것은 알아볼 수 있었다.

"사람의 골분을 식자재 보관 용기에 넣고 다니며 거리에 뿌리는 장례문화가 한국에서 성행하는지 궁금하답니다. 도대체 왜 이런 괴이한 행각을 벌였는지, 평소 프랑스에 대한 개인적인 증오가 있었는지도 묻네요."

그는 나와 같은 국적을 가진 죄로, 내 몫의 수치를 함께 감당하고 있었다. 한층 피곤해진 얼굴이었다. 그는 이제 침대에서 멀찌감치 떨어져 섰다. 그제야 나는 알았다. 더는 내가 아무 말도 하지 않길 바란다는 것을.

　락앤락 통 속의 잘 건조된 고운 가루를 한 줌 집었다. 물랭루주 앞 인도를 거닐며 조심스레 날려 보냈다. 그렇게 한 줌. 또 한 줌. 건널목을 통해 맞은편에서 이쪽으로 건너오는 사람들이 보였다. 윤에게 풍차를 보여주고 싶었다. 손을 높이 들어 공중에 흩날렸다.

　"오늘은 공연이 없나 봐요. 풍차가 멈춰 있어요."

　내 뺨과 팔, 옷, 신발코에 윤이 묻어났다. 회전 중인 영화 홍보 판의 남녀처럼 윤과 내가 포옹이라도 하는 기분이었다.

　얼마 지나지 않아 도심 한복판에 어울리지 않는 광경이 벌어졌다. 마치 경주라도 펼치듯 말을 탄 두 사람이 도로를 가로질러 이쪽을 향해 오고 있었다. 현대판 서부 영화라도 촬영 중인가 싶었다. 오픈투어 버스를 타고 지나가던 관광객들도 그들의 경주를 열렬히 환호하는 듯했다.

　말을 탄 이들과 나의 거리가 점차 좁혀들었다. 곧 그들이 경찰이라는 것을 알아차렸다. 그 순간에도 나는 열심히 락앤락 통의 가루를 비워내고 있었다.

　윤은 마르긴 했지만 170cm 가까운 꽤 큰 키였다. 그런데 반찬통 하나에 넣을 수 있다니. 봉안당에서 윤을 훔쳐 나와 유골함 안을 확인하고는 깜짝 놀랐다. 오다가 실수로 흘리기라도 했나 싶을 정도였다.

기마 경찰은 나와 조금 떨어진 곳에 말을 세웠다. 성큼성큼 다가오더니 뭐라고 말을 했는데, 알아들을 수 없었다. 불어 특유의 억양 때문인지 아니면 표정 때문인지 어쩐지 단호하게 느껴졌다. 나는 주위를 두리번거렸다. 혹시 불어를 좀 아는 한국인이라도 보이면 좋으련만.

사람들이 길 건너 블랑슈 역 근처로 일제히 이동했다. 건널목 앞에 서 있는 사람들은 신호가 바뀌었는데도 이쪽으로 건너오질 않았다.

그때 전기음처럼 지지직, 하는 소리가 들렸다. 물랭루주 외부의 네온사인이 빛을 뿜어대기 시작했다. 그제야 상상해왔던 광경과 조금 비슷해 보였다. 그렇다는 생각을 다 하기도 전에 나는 무언가에 떠밀리듯 바닥으로 쓰러졌다.

대사관 직원이 종이를 한 장 꺼내 내게 건넸다. 나는 촘촘하게 적인 글자와 숫자들을 훑어보았다. 그러는 동안 그가 설명을 덧붙였다.

"변호사가 필요할 것 같아서요. 프랑스 변호사 협회에 소속된 한국 출신 변호사 명단입니다."

그건 이름과 사무실 주소, 연락처 같은 것이었다.

"비싸겠죠?"

"네?"

"그냥 제가 이야기해보면 안 될까요?"

"무슨 수로요?"

나는 윤을 물랭루주에 데려다주고 곧장 한국으로 돌아갈 생각이었다. 시간이 지체될수록 마음만 더 힘들어질 것 같았다. 금전적인 여건도 부담이었다. 에펠탑도, 몽마르트르 언덕도 사진으로 보면 될 일이다. 아니, 그런 것들이 눈에 들어올 리 만무했다. 출발 전부터 락앤락 통에 대고 몇 번이나 작별 인사를 나눴는지 모른다. 다시는 파리에 오기 힘들 테니까. 이번이 마지막이나 마찬가지니까. 그렇게 알아야 한다고. 나름대로 계획을 세워 출발했던 파리행이었다. 계획이란 놈은 늘 나를 처참하게 무시했다.

파리 어딘지도 모르는 데서 스무 시간 넘게 잠을 자질 않나, 이제는 외국에서 변호사까지 선임해야 할 형편이 되고 말았다. 돌아갈 비행기 값을 내고 나면 남은 돈이 얼마 되지 않는다. 변호사 선임 비용을 지불하기에는 턱없이 부족할 것이다. 내가 환자복을 입고 있다는 사실도 새삼 깨달았다. 숨이 콱 막혔다. 당장 오늘이 지나면 병원비도 지급해야 할 것이다.

"한국에서 장진홍 씨가 뉴스를 보고 대사관 측에 연락을 해왔어요. 윤진아 씨의 유족이자, 임도희 씨와 직장동료라던

데요. 그가 지금 파리로 오고 있습니다. 뭐, 변호사가 힘들면 보증인이라도 있는 편이 임도희 씨에게도 좋을 거예요.”

“안 돼요!”

테러범으로 몰렸다는 사실보다 돈이 없어 변호사를 선임할 수 없는 현실보다, 장이 이곳으로 오고 있다는 소식이 끔찍했다. 그에게 내 이런 모습을 보이고 싶지 않았다. 차라리 테이저건이 아니라 진짜 총에 맞았다면 좋았을 뻔했다. 그편이 더 깔끔했을 것이다.

“전 이제 어떻게 되는 건가요?”

나는 조사관들을 보며 물었다. 그들은 재빨리 대사관 직원에게로 시선을 옮기며 통역을 기대했다. 하지만 그는 통역하는 대신 신경질적으로 내게 설명했다.

“프랑스는 대부분 가톨릭 신자예요!”

그들은 육신의 부활을 믿기 때문에, 화장을 선호하지 않는다고 했다. 물론 어느 선까지는 허용하지만, 뼛가루를 뿌리는 행위에 대해서는 특히 민감하다고 했다. 강이나 하천, 공로나 공공장소에 뿌리는 일은 법으로도 금지됐다.

“탄저균이 아니라, 뼛가루여도 난처하긴 마찬가지예요. 엽기적인 일로 해석되고 있어요. 임도희 씨는 처벌을 면하기 위해 이유를 설명하고 이해를 구하고 싶겠죠. 솔직하게 말할게요. 저 역시도 이건 제정신으로는 할 수 없는 짓이라 여겨요. 이런 어처구니없는 상황의 통역을 맡은 것도 참 민망합니다."

후임 조사관이 그에게 통역을 부탁했다.

"왜 하필 물랭루주 앞이었냐고 묻네요."

말해주고 싶었다. 나는 어디서부터 설명하면 좋을까.

"그게……."

프랑스 조사관들과 대사관 직원은 일제히 달싹거리는 내 입술에 시선을 고정했다.

"저는 그러니까…… 물랭루주에서 왔습니다."

대사관 직원은 내 정신 상태를 의심이라도 하듯 안경을 한 번 고쳐 쓰고 나를 빤히 응시했다. 그러고는 곧이어 퉁명스럽게 말했다.

"대체 무슨 소리를 하는 거예요. 이게 지금 장난처럼 보입니까?"

나는 정말 물랭루주에서 물랭루주로 왔다. 내 집이었으며 내 삶의 일부였던 물랭루주에서 왔다. 언젠가부터 사랑에 빠졌던 그곳에서, 누군가의 전부였던 이곳으로.

그는 더 통역할 마음이 없어 보였다. 조사관들은 어깨를 으쓱해 보이더니 내게서 고개를 돌렸다. 곧 세 사람은 가볍게 인사를 나눴다. 나는 마음이 급해졌고 격앙된 목소리로 말했다.

"물랭루주에서 매일 밤 그녀는 캉캉 공연을 했고 손님들이 찾아왔어요. 옥상에 빨간 풍차도 있었어요."

"그만 좀 하세요! 장진홍 씨가 도착하면 내일 동행해 조사받는 게 좋겠어요. 불필요한 이야기를 해봤자 본인만 불리해져요."

모든 것은 순식간에 사라져버렸다. 내가 할 수 있는 일은 아무것도 없었다. 이렇게라도 해야만 했다. 쓸데없는 짓이라고 여길지 모르지만 그래도. 창피한 것도 잊고 소리 내 울어버렸다. 숨이 조금 가빠졌고 그때마다 갈비뼈 쪽에 통증이 느껴졌다. 눈물은 멈추질 않았다. 왜 이런 일이 생겨버린 걸까.

"운다고 해결되진 않아요."

대사관 직원이 나무라듯 말했다. 나는 윤을 통해 배운 몇 안 되는 불어를 훌쩍이며 발음했다. 발음은 엉망일지 모르나 진심이었다.

"Désol(죄송합니다)."

외투를 입고 병실을 나서던 조사관들이 놀란 눈으로 돌아봤다. 선임 조사관이 자신의 수염을 쓰다듬으며 후임 조사관에게 몇 마디를 건넸다. 후임 조사관은 잠시 고민하더니 이내 고개를 끄덕였다. 선임 조사관은 내 앞으로 다가와 손수건을 내밀었다.

"들어보고 싶다네요. 무슨 사연인지."

대사관 직원은 마지못해 그러라는 듯 한숨을 내쉬며 통역을 시작했다. 거의 포기한 표정이었으며 기계적이었다. 두 명의 프랑스 경찰소속 특별 조사관은 다시 외투를 벗었다. 그리고 침대 근처로 의자를 끌어와 앉았다.

"저는요. 그러니까 말이에요……."

마현시 혜정동의 어느 거리. 그 동네 사람들은 편히 부르기 위해 사랑은행 사거리라고 칭하는 곳. 세월의 흔적만큼이나 풍경은 낡고 시시해 보여도 사시사철 사람의 냄새가 배어나는 그런 곳. 거기에 자리한 물랭루주에 관한 이야기를 시작했다. 물랭루주! 그곳은 곧 윤이었으며, 내가 이곳에 온 이유이자, 돌아갈 곳이었다.

그리고 나는 윤을 그곳에서 처음 만났다.

불편하고
미안한 너의 집

온종일 아무것도 먹지 못했다는 게 갑자기 떠올랐다. 오는 길에 편의점에 들러 라면이라도 사 올걸, 층계를 오르며 후회했다. 엘리베이터가 없는 건물의 5층에 살았다. 다시 내려갈 생각을 하니 식욕이 사라져버렸다. 냉동실에 넣어둔 누룽지나 해치워야겠다 싶었다. 프라이팬에 남은 찬밥을 눌러 직접 만든 거였다. 이 원룸 안에서는 섭리처럼 계속해서 찬밥이 생성됐다.

원룸이지만 둘이 쓰기에 좁거나 불편하지 않을 크기였다. 이것은 어디까지나 내 생각이었다. 크기란, 객관적인 단위를 사용하지만 무척 상대적이었다. 좁은 곳에서 줄곧 살아온 내게 이 공간은 꽤 여유로웠다. 하지만 은정에게는 아니었던 모양이다.

나와 은정은 고등학교 동창이며 같은 대학교에 진학했다. 고등학교 삼 년 동안 같은 반이 된 적은 없었다. 교내 동아리 부서에서 몇 번 마주치며 서로 얼굴만 알고 있는 정도였다. 마현시에 위치한 주천 대학교의 합격자 통보를 받은 날, 은정이 내게 먼저 연락을 해왔다. 자신은 주천 대학교의 사회복지학과에 합격했다고 했다. 실제로 은정과 말을 섞어본 건 그때가 처음이었다. 나는 딱히 할 말이 없어 듣기만 했던 것 같다.

"너 나랑 같이 살지 않을래?"

은정이 말미에 이런 제안을 했다. 뜬금없기는 했지만 솔깃하기도 했다. 보증금 오천만 원에 관리비 포함 월 육십만 원. 보증금은 은정의 부모님이 마련해줬다. 나는 월세의 절반을 부담하기로 했으며, 생활하면서 필요한 건 함께 구매하기로 했다. 그때 고시원을 알아보고 있었는데, 어딜 가나 월 오십만 원이 넘었다. 나는 함께 살면 낯선 도시에서 외롭지 않겠다며, 굳이 이유를 만들어 제안을 받아들였다. 돈을 절약할 수 있으니 거절할 이유가 없었다는 게 제안을 받아들인 정확한 이유였다.

아르바이트를 하지 않는 은정은 부모님이 보내주신 돈과 내가 내는 월세를 용돈으로 사용했다. 물론 은정의 부모님은 딸이 혼자 지내는 줄 알았다.

은정은 '좁다'라는 단어를 입에 달고 살았다. 그때마다 나는 남의 영역에 무단으로 침입해 불법 점거한 기분이 들었다. 불쾌한 기분이 들수록 최대한 구석으로 자리를 옮겼다. 몸을 공처럼 말아 부피를 줄이려 노력하기도 했다.

항상 갓 지은 밥을 먹고 싶어 하는 은정 때문에 근심하기도 했다. 밥은 은정이 배가 고플 때마다 직접 했는데 그때마다 밥통에 남아 있던 밥은 쓰레기통으로 직행했다. 매번 남는다는 것을 알면서 조금 양을 줄여서 하면 좋으련만. 은정은 그럴 생각이 전혀 없어 보였다. 나는 은정이 집에 돌아올 때가 되면 밥통을 열어 확인했다. 남은 밥은 미리 꺼내 따로 팩에 넣어 얼리거나 누룽지로 만들어뒀다. 쌀을 사는 시기가 보름 정도 늦춰졌다.

처음 약속과 달리 생필품 구매는 거의 내 몫이 되었다. 내가 아르바이트비를 받는 날이 되면 은정은 기다렸다는 듯 필요한 구매 목록을 읊었다. 월세는 동등하게 부담하고 생필품은 거의 내가 사는데도, 나는 은정의 눈치를 봐야만 했다.

현관문에 붙은 전단을 떼어냈다. 근방에 자취생들이 많이 살아 그런지 전단은 하루에도 수십 장씩 현관문을 도배했다. 그러다 문득 전단 아르바이트를 하면 어떨까 생각해봤다. 여러 업체의 것을 한꺼번에 받아 붙이면 꽤 괜찮겠다 싶었다.

문을 열고 들어서니 바닥에 어질러져 있는 옷가지와 속옷이 눈에 들어왔다. 벌거벗은 은정과 진수는 내가 들어온 것도 몰랐다. 한창 몸을 섞는 행위에 심취해 있었다.

편의점에라도 다녀와야겠다는 생각에 도로 나서는데, 은정이 내 기척을 들었는지 진수의 몸 위에 올라앉은 채로 내게 손을 흔들었다. 허리를 움직이는 걸 멈추지 않았다. 나는 그들을 몰래 훔쳐보다 걸리기라도 한 사람처럼 바삐 도망쳤다. 은정은 신랄하게 신음을 내기 시작했다. 역겨웠다. 복도까지 따라 나온 교성이 위협적으로 내 뒤를 쫓는 기분이 들었다.

나는 한쪽에는 내 신발, 다른 한쪽에는 진수의 운동화를 신은 채였다. 다시 들어갈 수도 없고 편의점까지 가기도 머쓱했다. 분명 고의가 아니지만 두 사람은 그렇게 해석하고 말 것이다. 별수 없이 현관문과 멀찍이 떨어진 비상 계단에 앉아 기다리기로 했다. 은정의 오르가슴과 진수의 사정이 원활하게 이뤄지길 기도하면서.

어느 날, 은정은 텔레비전을 보다 말고 내게 물었다.

"넌 어떤 체위가 좋아?"

신작 도서를 소개해주는 프로를 보고 있었다. 나는 '체위'를 '책'으로 잘못 들었다. 조금 고민하다가 작가 몇 명의 이름을 댔다.

"아니, 섹스할 때 어떤 자세를 선호하냐고."

"딱히 그런 거 없는데."

"없다고? 어떻게 없을 수가 있어? 나는 무조건 위에서만 해. 그래야 내가 마음껏 느낄 수 있거든."

은정이 씩 웃더니 또다시 입을 열었다.

"그럼 진수랑 할 때는 주로 어떤 자세로 했어?"

내가 대답하지 않자, 은정은 냉장고로 가서 맥주 한 캔을 꺼냈다. 그러고는 내게 물었다.

"마실래?"

"아니."

"어차피 한 캔밖에 없어."

"그런데 왜 묻는 거야?"

은정은 캔을 따서 맥주를 몇 모금 마시더니 선반에서 비스킷과 소시지를 꺼냈다. 바닥에 아무렇게나 앉아 대수롭지 않다는 듯 말했다.

"말해주기 싫으면 됐어. 진수한테 직접 물어보면 되지. 도희는 무슨 자세를 좋아해? 도희는 성감대가 어디야?"

진수와 나는 대학에 들어와서 만났다. 넉 달 정도 사귀고 헤어졌는데, 얼마 지나지 않아 진수는 은정과 사귀었다. 두 사람이 나를 속이고 이전부터 만나온 걸 알았다. 그런 건 어찌 됐든 상관없었다. 속은 김에 한 번 더 속아주면 됐으니까. 어차피 계속 봐야 하는 사람들이었다. 관계 유지를 위해 최선이라고 믿는 편을 선택했다.

은정은 내게 자신들의 관계를 알릴 때 필요 이상으로 당당했다. 나는 그 태도에 금세 짓눌렸다. 도리어 내가 은정에게 미안해해야 할 것만 같았다.

진수는 나와 사귀는 동안 은정의 초대로 원룸에 자주 놀러왔다. 함께 저녁을 먹기도 했으며 술을 마시기도 했다. 나는 남자를 처음 사귀어보는 터라 대부분 진수가 하자는 대로 했다. 또 잊지 않고 은정에게 매일의 연애를 보고했다.

"사랑의 습성이 본래 한곳에 머물지 않는 거래. 네 눈치 안 보고 진수랑 만나보려고."

은정은 본래 남의 눈치를 보는 스타일이 아니다. 사고 싶으면 사고, 하고 싶으면 하고, 먹고 싶으면 먹는 사람이다. 은정의 말대로라면, 사랑은 참 개 같은 것이다. 그 개 같은 짓을 일찍이 관둘 수 있게 해줘 은정에게 고마웠다.

진수는 그 후로도 원룸에 자주 왔다. 상대만 바뀌었을 뿐 편하게 다녀갔다. 두 사람은 철저히 닮아 있었다. 나의 감정 따위는 거들떠보지 않았다. 나는 그저 그래도 되는 사람으로 여겨졌다.

그 안에서 불안과 수치는 내 몫이었다.

발신자를 확인하고는 선뜻 전화 받기가 망설여졌다. 교회 목사님의 전화였다. 손에 땀이 났다. 전화를 받아야 했지만 용기가 나질 않았다. 근처 상가 건물로 들어갔다. 거리에서 쏟아져 나오는 소음이 조금 차단되었다. 목소리를 가다듬고 통화 버튼을 눌렀다. 염치가 없었다. 나는 그동안 연락도 없이 내 필요만 받아 챙겼다.

그는 내가 살았던 동네 교회의 주임 목사다. 교회 자체에서 운영하는 장학재단의 이사장이기도 했다. 내 삶은 자주 많은 것이 한꺼번에 바뀌는 혼란의 연속이었지만, 교회만큼은 어린 시절부터 줄곧 한곳에만 다녔다.

대학에 진학한 뒤에도 처음에는 교회에 나가기 위해 왕복네 시간 거리인 집까지 내려가곤 했다. 하지만 점차 부담스러웠다. 원 플러스 원처럼 하늘에 계신 아버지뿐 아니라, 지상의 아버지도 만나야 했기 때문이다.

목사님은 더는 학비 지원이 곤란해졌다는 말을 어렵사리 꺼냈다. 정신이 아득해졌다. 인생이란 놈은 왜 내게만 이토록 까칠하게 구나 싶었다. 교인들의 불만이 크다고 했다. 나와 아버지는 이제 교회에 나가지 않는다. 그런데다 얼마 전 아버지가 만취한 상태로 예배당을 찾아가 행패를 부렸다. 교인을 폭행하기까지 했다. 목사님의 중재로 다행히 고소는 막았으나, 애꿏게도 내 장학금 지급에 대한 논란이 불거졌다.

기가 막혔다. 무슨 말을 해야 할지 머릿속이 텅 빈 기분이었다. 목사님, 제가 일요일마다 교회에 갈게요. 수요 예배에도 참석할게요. 부탁드려요. 저 그 돈 없으면 학교에 다닐 수 없다는 거 잘 아시잖아요. 떼라도 써보고 싶은 심정이었다. 하지만 내가 할 수 있는 말은 이것뿐이었다.

"그동안 정말 감사했습니다."

교회는 자체 장학재단을 설립했다. 헌금 일부를 적립해 교인 중에서 형편이 어려운 가정의 학생들에게 장학금을 지원해왔다. 일 년 치가 넘는 학비뿐만 아니라 매월 20만 원의 용돈도 지원했다.

나는 특성화 고등학교의 의상 디자인학과에 다녔다. 운 좋게도 전국 기능경기대회에서 여러 차례 입상한 이력을 가지게 되었다. 고등학교 졸업 후 취업을 할 생각이었지만, 목사님은 내게 대학 진학을 권했다. 그날 기뻐서 눈물을 흘렸다. 어디선가 읽은 기억이 있다. 기쁠 때 나는 눈물은 감정의 균형 회복을 위한 반사작용이라고. 그날 울지 않았다면 2층 예배당에서 뛰어내렸을지도 모른다.

내가 교회에 다닌 것은 순전히 아버지 때문이었다. 모태신앙이었던 아버지의 전도 아래 엄마와 나는 교회에 다녔다. 하지만 그 아버지라는 사람은 어떠한가. 어느 날부터 술에 취해 '제발, 내일 아침에는 눈을 뜨지 않게 하옵시고'라는 기도나 올리는 사람이 됐다. 아침마다 숙취와 절망에 잔뜩 젖은 눈으로 욕을 퍼부어대는 것도 잊지 않았다.

"주님 귓구녕에 보청기라도 껴드려야 할 판이야."

자신의 목숨을 끊는 일마저도 주님에게 떠넘기고, 아버지는 대체 아무것도 할 줄 모르는 사람이었다. 제발 그 입이라도 다물고 교회에 나가준다면 자식의 삶이 덜 고달플 텐데. 아버지는 내 인생에 조금의 도움도 되질 못하는 존재였다.

하늘에 계신 아버지, 제 아버지의 기도를 제발 좀 들어주세요!

휴학계를 제출했다. 일자리도 동시에 사라졌다. 교내 근로장학생으로 일하면서 공강에 틈틈이 돈을 벌 수 있었는데, 아쉬운 마음이 컸다. 은정에게 휴학한 사실을 알리자, 대뜸 이렇게 말했다.

"가까운 관계일수록 금전 관계는 분명히 해야 한다더라."

혹시 내가 돈이라도 빌려달라고 할까 봐? 아니면 월세를 내지 못할까 봐? 위로는 아니어도 그 이유라도 물어봐줬다면 섭섭하지는 않았을 것이다. 어차피 묻는다고 사실대로 말해줄 생각도 없었지만 말이다.

아르바이트를 구하는 일은 생각보다 쉽지 않았다. 나는 몇 군데 면접을 보러 가서 흔쾌히 거절당했다. 그들은 환히 웃으며 연락을 주겠노라 했고 그 후로 소식이 없었다. 그들이 원하던 '용모 단정과 친절한 마인드 환영'이 못생긴 사람은 안 된다는 의미인 줄 미처 몰랐다.

내겐 꽤 오랫동안 '블롭 피쉬'라는 별명이 따라다녔다. 세상에서 제일 못생겼다고 알려진 물고기였다. 피부는 젤리처럼 물컹해 흘러내리고 코주부처럼 생겼다. 하필이면 만화 캐릭터까지 나와 인기를 끄는 바람에 인형이며 문구 제품이 쏟아져 나왔다. 사람들은 두고두고 나와 그 물고기를 한데 묶어 연결 지었다. 장난은 점차 노골적이고 서슴없어졌다. 하지만 나조차 부인할 수 없었다. 혈육이라 해도 믿길 만큼 우리의 코는 닮아 있었다.

서빙 아르바이트생을 구한다는 갈빗집에 면접을 보러 갔다. 규모가 꽤 컸다. 오후 세 시쯤이라 식당은 한산했다. 직원들은 삼삼오오 모여서 잠시 쉬고 있는 듯했다. 그들은 나를 손님으로 알고 부산하게 자신들의 자리로 돌아갔다. 사장은 친절하게 내게 테이블을 안내해줬다. 혼자 왔느냐고 물었고 무조건 2인분 이상씩만 주문할 수 있다고 말했다.

"저 서빙 아르바이트 면접 보러 왔는데요."

사장은 매우 솔직한 사람이었다.

"우린 못생긴 사람은 안 써요."

손님으로 와서 고기를 먹는 것은 허락할 수 있지만, 고기를 나르는 서빙 일은 안 된다고 했다. 주방에서 내다보던 직원 몇 명이 키득거렸다. 그 웃음소리가 가슴을 후벼 팠다.

너덜너덜해진 자존감을 아무도 없는 구석 자리에서 꿰매며 수없이 많은 아르바이트 공고를 뒤적였다.

'재봉틀 사용 및 의류 수선 가능한 자. 의상학과 재학 중이거나 졸업생 환영. 근무시간 탄력적.'

또 어떤 매운맛의 수모가 기다리고 있을지 겁부터 났다.

집에 돌아오면 샤워부터 해야 했다. 여름은 아직 제대로 시작도 안 됐는데 건물 안은 비닐하우스처럼 후덥지근했다. 계단으로 5층까지 오르고 나면 땀이 비처럼 쏟아졌다. 오래된 건물이라 그런지 층계도 요즘 건물보다 높았다. 이 건물 주인은 1층에 살고 있는데, 마주칠 때마다 녹음기처럼 말했다.

"엘리베이터 없어도 다닐 만하지? 공짜로 운동도 하고. 그리고 우리 건물은 층계가 낮아서 거의 평지 수준이지 뭐, 안 그래?"

외출할 때 핸드폰이라도 집에 두고 나오면, 주인집 문을 두드리고 싶었다. 저 대신 운동 한 번만 하실래요? 물론 공짜예요.

샤워볼에 바디 워시를 펌핑하려다, 곧 그만뒀다. 물을 잠그고 손에 든 샤워볼을 자세히 들여다봤다. 축축하게 물기를 머금은 게 누군가 방금 사용한 것처럼 보였다. 그곳에는 음모 몇 가닥이 박혀 있었다. 길이는 짧고 모질이 억세 보였다. 내 것은 분명 아니었다. 은정은 샤워할 때 바디 브러쉬를 사용한다. 그렇다면…… 진수가 사용한 게 분명했다.

나는 진수가 원룸에 오는 게 불편했다. 옷을 갈아입거나 씻을 때도, 그가 있으면 맘대로 할 수 없었다. 은정에게 얘기해볼까도 몇 번 고민했지만, 관뒀다. 분명 은정은 이렇게 말할 것이 분명하다. 너도 예전에 진수 집에 데려왔잖아.

나는 샤워볼을 화장실 휴지통에 던져버렸다. 맨손에 바디워시를 덜어 거품을 냈다.

하루는 몸이 좋질 않아 점심께 집에 돌아왔다. 감기약을 먹고 잠이 들었다. 눈을 떠보니, 진수가 화장대 의자에 앉아 나를 내려다보고 있는 게 아닌가. 소리를 지르며 자리에서 벌떡 일어났다. 진수는 천연덕스럽게 말했다.

"점심을 못 먹었는데 시간이 어중간하더라고."

순간 진수의 시선이 내 가슴께에 있다는 것을 알았다. 답답해서 브래지어를 벗어둔 게 뒤늦게 떠올랐다. 얇은 티셔츠 차림이었으므로 나는 등을 구부려 가슴이 드러나지 않게 하려고 애썼다. 진수는 그런 나를 물끄러미 보며 말했다.

"임도희, 너 아직도 나 좋아하지? 다 알아."

모욕당한 기분이었다. 알긴 뭘 안다는 건지 기가 막혔다.

나는 사귀는 동안에도 진수에게 단 한 번도 좋아한다고 말한 적이 없다. 그동안 남자들에게 놀림만 받아와서인지 진수의 미적지근한 관심을 사랑이라고 착각했다. 진수가 먼저 내게 연애하자고 했다. 나는 그가 하자는 대로 따랐을 뿐이다. 가만히 생각해보니 진수는 내가 만만했던 것뿐이다. 두통이 더 심해지는 듯했다.

"불편해. 그만 가!"

"내가? 가려거든 네가 나가야지. 여기 은정이 집이잖아."

은정의 집이라니? 나는 진수가 하는 말을 바로잡아주고 싶었다. 하지만 어느 부분에서는 틀린 말이지만, 어느 부분에서는 맞는 말이기도 했다. 이 집의 바탕은 은정이 마련했다. 내가 월세의 반을 부담한다고 해도 그 바탕에는 조금의 영향도 끼치지 못한다.

목돈이 있다는 것은 얼마나 편리한가. 그것은 보증의 의미가 되어 집을 빌릴 수 있게 해준다. 그로 인해 당당하게 상대의 무력감을 구경할 수도 있다. 불리할 때마다 심심찮게 권리를 주장할 수도 있다. 실제로는 은정보다 내가 좀 더 많은 돈을 쓰고 있지만 항상 미안해야만 했다.

"그런데 어떻게 들어온 거야?"

따지려는 게 아니라 정말 궁금해서 물었다.

"은정이가 현관 비밀번호 알려줬는데? 심심하거나 갈 데

없으면 와 있으라고 했어."

내 의사는 묻지도 않고 은정은 마음대로 비밀번호까지 공유했다. 진수의 말을 들을수록 화가 치밀었다. 그렇다고 어떻게 대응해야 할지 방법도 생각나질 않았다.

"도희야, 나 라면 먹고 갈게."

진수가 내 옆으로 내려와 앉았다. 그러더니 내 코 주변을 자기 손바닥으로 가리며 '코만 괜찮았어도' 같은 말을 반복했다. 계속해서 이상한 뉘앙스를 풍겼고, 다정한 체하고, 그랬다. 더는 그를 쫓아낼 생각도 화를 내지도 않았다. 진수의 말대로 여긴 은정이 집이었고 진수는 은정의 남자 친구니까.

나는 내 '형편'이라는 놈과 쓸쓸하게 마주했고, 체념하는 방법으로 스스로를 위로했다. 우리 사이에는 아무 일도 일어나지 않을 것이며 괜찮으리라 생각했다. 괜한 우려로 과장하는 꼴이 되기 싫었다.

하지만 결국 일은 벌어졌다. 진수는 돌아앉은 내 어깨를 끌어당기더니 입을 맞췄다. 뿌리치려 애를 썼지만 속수무책이었다. 근처에서 오랫동안 기회를 엿보다 먹잇감의 목덜미를 물어뜯는 맹수처럼 진수는 단번에 달려들었다.

은정과 진수가 사귀는 동안 딱 한 번, 정말 어쩔 수 없이 딱 한 번! 원치 않았지만 나는 진수와 자버렸다. 그 후로는 은정이 없을 때 홀로 집에 머물지 않았다. 언제 진수가 올지 모른다는 염려 때문이었다.

　아르바이트 구하는 일에 진저리가 났다. 며칠을 벼르다 이전에 찾아둔 곳 연락처를 눌렀다. 신호 대기음이 길게 계속됐다. 이미 사람을 구했을 거라고 거의 포기하는 심정이었다. 막 끊으려는데 신호가 끊기고 여자의 목소리가 들려왔다.

　아르바이트 광고를 보고 전화했다고 하자 여자는 드레스 같은 것도 수선할 줄 아느냐고 물었다. 나는 만들 줄도 안다고 대답해버렸다. 이브닝드레스를 디자인해 전국 기능대회에서 일등 한 적 있노라고 덧붙이기까지 했다. 물론 고등학생 때였고, 혼자가 아닌 팀으로 출전했지만 아주 틀린 말은 아니었다.

　여자는 그럼 좋네, 정말 좋아요, 하며 나지막이 중얼거렸다. 그 대답은 뽀드득, 마치 성에 낀 창을 닦아낼 때처럼 경쾌했다. 뽀드득, 시야가 트인 기분이랄까.

　"혜정동 사랑은행 사거리 알아요? 우리 가게는 그 근방에 있어요. 버스정류장에서 내리면 바로 찾을 수 있을 거예요. 옥상에 빨간 풍차가 보일 테니까."

　"풍차요?"

　"응, 빨간 풍차요. 우리 가게 이름은 물랭루주."

　나는 물랭루주를 드레스 전문 업체쯤으로 생각했다. 디자이녀들 밑에서 보조업무를 하거나 원단 시장에서 스와치를 떠오는 일, 마감 재봉 작업 같은 걸 하게 될 거라 생각했다. 어쨌든 경력에 도움도 되고 즐기면서 할 수 있으리라 여겼다.

그러는 동안에도 계속 갈빗집 사장의 말이 떠올라 의기소침해졌다. 그 걱정을 하느라 정작 시급이 얼마인지도 물어보질 못했다.

"저번 년도 제정신이 아니었는데, 이번 년은 더 미쳤나봐!"

혼잣말을 중얼거리는 아줌마. 상가 1층 영락슈퍼의 주인인 듯 보였다. 아줌마는 플라스틱 빗자루로 가게 앞 담배꽁초와 쓰레기를 쓸고 있었다.

나는 버스에 내린 후로 줄곧 허공에 시선을 두고 풍차를 찾았다. 얼마 지나지 않아 건물 틈 사이로 어색하기 짝이 없는 새빨간 그것을 발견했다. 그것이 여자가 말하던 빨간 풍차이고, 그 건물의 2층에 물랭루주가 있는 걸 확인했다.

"저 빌어먹을 놈의 풍차! 시끄러워 죽겠네, 죽겠어!"

아줌마는 내가 들으라는 듯 대놓고 신경질을 부렸다. 목소리를 높이고, 풍차가 못마땅한지 험담을 늘어놨다. 내가 거들어주거나 반응을 보이길 바라는 눈치였다.

고개를 들어 2층을 바라봤다. 물랭루주라는 간판이 붙어 있었다. 새로 문을 연 지 얼마 안 된 듯 창문에 붙인 시트지와 간판이 선명했다.

아줌마는 이번엔 내 옆에 바짝 다가와 묻지도 않은 이야기를 늘어놓았다.

"미쳐도 제대로 미친년들이지. 옥상까지 세를 내서 무슨 저런 걸 설치해! 들어봐, 철 끌리는 소리. 들리지? 저 화냥년들! 동네 남자들을 다 해 처먹으려고 별 수작을 다 벌인다니까."

기이억, 기억. 바람에 의해 풍차 날개가 서서히 회전할 때마다 나는 소리였다.

"네, 들려요. 기이억, 기억? 뭘 기억하라고 말하는 것 같아요."

아줌마는 나를 이상한 눈으로 쳐다봤다.

"여기 터가 이상한가, 별 미친 소리를 다 듣겠네."

아줌마는 빗자루를 바닥에 탁탁 털고는 슈퍼 안으로 냉큼 들어가버렸다. 나는 다시 한번 풍차를 올려다봤다. 오래된 어느 시간을 힘겹게 떠올려내는 것처럼 풍차는 기이억, 기억, 거렸다.

가게 안은 조금 독특한 구조였다. 중앙에 무대가 설치돼 있었고 그 주위를 빙 둘러 테이블이 놓여 있었다. 한쪽에는 카운터, 그 안쪽 벽면에는 양주병이 진열돼 있었다. 라이브 바라고 하기에도, 호프집이라고 하기에도, 그렇다고 주점이라고 하기에도, 어정쩡한 그런 형태였다.

내가 가게 안을 둘러보고 있는 동안 여자는 나를 살피는 듯했다.

"임도희 씨라고 했죠? 난 윤진아. 술이라도 한잔 줄까요?"

여자가 말했다. 나는 창문 밖을 내다봤다. 아직 날이 훤했다. 평소에도 술을 즐기지 않았고, '낮'과 '술'은 끔찍한 조합이라 여겼다. 나는 어색한 미소를 지으며 거절했다. 그러다 문득 이것도 면접의 일부인가, 헷갈렸다.

여자는 발목까지 내려오는 긴 원피스를 입었다. 옅은 화장을 하고 수수한 편이었다. 모델 출신이라 해도 믿을 만큼 키가 컸고 말랐다. 여자는 잠시 고민하더니 실론티와 보성녹차 캔을 가져와 내 앞에 내려놓았다.

"술집이라 줄 게 술뿐이고, 음료라고는 이것뿐이네."

"아, 여기 술집이군요. 그런데 왜 재봉틀 가능한 사람이 필요하신 건지……."

나는 혼잣말을 빙자해 확인하고 싶은 것을 물었다. 여자는 대답 없이 한참 동안 나를 빤히 쳐다봤다.

"눈이 참 예쁘네요. 그런 말 많이 듣죠?"

난생처음 들었다. 그 말 때문에 오히려 의심이 발동했다. 아르바이트를 구하는 어린 학생을 미끼로 펼치는 신종 사기인가 싶었다. 그렇지 않고서야 내게 저런 말을 할 리가 없지 않나.

"음료 좀 들어요."

음료수에 수면제나 독극물 같은 것을 탔을 수도 있다. 나는 마시는 척 입만 댔다.

장기매매 일당일까? 1층 슈퍼 아줌마가 분명 그랬다. 미친 년'들'이라고. 그렇다면 혼자가 아니라는 뜻이었다. 공모자가 더 있을 테다. 나는 여차하면 도망쳐야지 싶어 몸을 출입문 쪽으로 향해 틀어 앉았다.

어처구니없게도 이것이 물랭루주에 대한 나의 첫 기억이자, 윤과 나의 첫 만남이다.

"몇 달 전에 여기를 인수했어요. 원래 술집이었는데, 지금은 내부를 고쳐서 술도 팔고 공연도 하고 그래요."

"공연요?"

"매일 두 차례. 내가 캉캉 공연을 해요. 저쪽에 보면 내 의상실이 있는데 그 의상들을 좀 수선해야 해요. 세탁소나 의류 수선집에도 가봤는데, 안 된다고 하더라고요."

나는 그제야 안도했고 테이블 위 음료수를 벌컥벌컥 마셨다. 긴장해서였는지 목이 심하게 말랐다.

그때 젖은 머리에 화장기 없는 얼굴을 한 여자가 가게로 들어왔다. 이제 막 목욕탕에라도 다녀오는 듯 보였다. 나는 이미 채용된 것으로 착각했다. 손님이라도 맞듯 자리에서 일어나 깍듯하게 인사했다. 상대는 그런 나를 무시했으며 잔뜩화까지 나 보였다. 여자는 카운터에 가방을 내려놓더니 빗을꺼내 머리에 끼웠다. 빨간 도끼빗이었다.

"윤 사장, 뭐야? 나 자르려고 사람 구하는 거야?"

"무대의상을 손봐야 해서."

여자의 눈이 부리부리하게 커졌다. 나중에 알았지만 김의습관이었다. 원래 눈이 큰 편인데, 어이가 없거나 마음에 들지 않으면 눈을 힘껏 치켜떴다. 난 그걸 볼 때마다 김의 눈알이 빠져서 어디론가 데굴데굴 굴러가는 상상을 하곤 했다.

"이렇게 장사해서는 내 월급 주기도 빠듯해."

"그건 걱정하지 마."

"왜 걱정이 안 돼? 내 월급인데! 아니, 쓸데없이 사람을 왜구하냐는 말이야. 정말 저 무대에서 계속 춤이라도 출 작정이야? 그나마 예전 단골손님들이 나 보러 와주니까 망정이지. 이런 해괴한 분위기는 몇 남은 단골도 다 떨어져 나가게할걸."

윤은 미동도 하지 않았다. 나는 다 된 밥에 재가 뿌려지는광경을 목격하자니 미칠 지경이었다. 김은 머리를 빗다 말고도끼빗으로 나를 가리키며 위협적으로 말했다.

"여기서 일할 생각 꿈에도 하지도 마!"

나는 얼른 윤에게로 시선을 돌렸다.

"내일부터 출근해요."

윤의 입에서 '출근'이라는 단어가 나오자, 소리를 지를 뻔했다. 하지만 김이 여전히 나를 노려봤으므로 꾹 참았다.

"윤 사장아, 우리가 알게 된 지 비록 얼마 되진 않았지만 몇 살 더 많은 내가 인생 선배로서 충고 하나 할게. 제발 이러지 마. 네가 무슨 유명 무용수라도 되니? 비품이랑 술 쌓아놓은 창고는 의상실로 바꾸고, 가게 한가운데다 저렇게 큰 무대를 만들어 놓으면? 테이블은? 장사를 하겠다는 거야, 말겠다는 거야?"

윤은 귀에 솜을 틀어막은 사람처럼 행동했다. 어떤 비난에도 흔들리는 기색 없이 그저 한없이 온화한 표정으로 나를 대했다.

"내가 한참 나이가 많으니까 도희라고 편하게 부를게. 그래도 괜찮을까? 이제 계속 봐야 하니까."

"네, 전 좋아요."

"우린 오후 다섯 시에나 문을 열어. 그때쯤 와서 일해도 좋고, 차츰 편한 시간 맞춰가면 좋겠어. 작업은 의상실 안에서 하면 될 거고. 거기에 대충 갖춰져 있지만 필요한 게 있으면 사줄게. 김마리 여사는 신경 쓰지 마. 저렇게 툴툴거려도 참 좋은 사람이야."

김은 입을 삐죽거리며 카운터에 앉아 화장을 시작했다. 훗날 김이 마흔이 넘었다는 사실을 알고 경악했다. 김은 제 나이보다 열 살쯤은 더 어려 보였다. 그 입만 열지 않으면 참 청순했다.

평소에 은정은 말이 참 많은 편이다. 내게 질문을 해놓고 채 내가 대답하기도 전에 또 다른 질문을 했다. 또는, 자기 마음대로 내 답변을 예상해 이야기했다.

하지만 기분이 나쁘거나 화가 났을 때는 말을 일절 하지 않았다. 더 나아가 상대가 하는 말도 못 들은 체했다. 그럴 때면 나는 은정의 신경을 건드리지 않으려 특별히 조심했다. 몇 시간 지나면, 혹은 자고 일어나면 은정은 언제 그랬냐는 듯 기분 좋게 종알거렸다. 그냥 내버려 두는 것이 상책이라는 걸, 일 년 반을 함께 살며 터득했다.

집에 오자마자 은정에게 아르바이트 구한 사실을 알리고 싶었다. 불안해하는 것 같았기 때문이다. 하지만 은정은 나와 눈도 마주치질 않았다.

나는 겉옷만 벗고 대충 씻고 나왔다. 방 안은 어두웠고 은정은 이불 속에 있었다. 배려라고는 쥐뿔만큼도 없었다. 자기 기분이 상하면 남의 기분까지 망쳐야 속이 후련한 못된 심보! 그러다 씻는 동안 콧노래를 흥얼거린 것을 떠올렸다.

의도 없는 나의 습관이 은정의 심기를 긁어 파기라도 했을까, 잠시 반성해야만 했다.

나는 핸드폰 액정의 불빛에 기대 스킨과 로션만 겨우 발랐다. 당장 내일 신을 양말이 없어 밀어둔 빨래도 해야 했지만 관뒀다. 가능한 작은 동작으로 이부자리를 폈고, 곧장 자리에 누웠다. 은정은 나의 이런 모습을 보며 무슨 감정을 느낄까. 꼬르륵, 주린 창자에서나 날 법한 소리가 고요한 방 안에 울렸다. 나는 두 손을 가지런히 모아 배 위로 올렸다.

"어디 다녀오는 길이야?"

은정의 목소리가 어둠 속에서 빛처럼 쏟아졌다.

"아, 나 아르바이트 구했어."

나는 조금 상기된 목소리로 대답했다.

"잘됐네."

은정은 시큰둥했다.

"응, 그렇지, 얼마나 다행인지 몰라."

"아르바이트도 구했는데, 집도 구해보는 게 어때?"

나는 무슨 뜻인가 싶어 자리에서 일어나 앉았다. 진심으로 하는 말인지 아니면 심통을 부리는 중인지 알아차리기 위해 핸드폰으로 은정의 얼굴을 비췄다.

은정은 눈을 감고 있었다.

"무슨 소리야? 집을 구하라니."

"우리 이렇게 같이 사는 거 서로에게 불편한 것 같아서. 당장 나가라는 건 아니지만 될 수 있으면 빨리, 하루빨리 말이야."

은정은 진심이었다.

사라지고 마는
여자들

    생명이 있든 없든 상관없이 세상의 만물은 자신만의 역사를 갖는다. 나이테에 켜켜이 들어찬 숱한 날들. 경이롭고 끔찍하며 때론 시시하기도 한 그 시간은 공기처럼 우리 옆에 존재한다. 가끔 긴 혀로 현재를 핥기도 하지만, 우리의 이해를 갈구하지도 사랑을 탐하지도 않는다. 그냥 그렇게 존속할 뿐이다.

    물랭루주가 들어서기 전, 원래 이곳은 '금방울'이라는 술집이었다. 상호는 촌스러웠지만 출입문에 달아둔 앙증맞은 두 개의 금방울이 쉴 새 없이 울려댈 정도로 장사가 잘됐다. 물론 진짜 금으로 된 방울은 아니었고 18kgp. 즉, 도금이었다고 한다.

금방울은 혜정동 주민들은 물론이고, 사거리에 위치한 행정복지센터를 비롯해 사랑은행 직원들까지 손님의 발길이 끊이질 않던 곳이었다. 여자들보다는 남자들에게, 이삼십 대보다는 사오십 대가 주 고객이었다. 오십 대 초반의 금방울 여사장은 음식 솜씨가 좋았다. 영업 수완도 대단했다. 가게 테이블은 항상 손님으로 넘쳐났다. 김은 금방울의 오픈 멤버였다.

금방울 여사장은 단골손님이 저녁을 거르고 오면 끼니가될 만한 식사를 함께 내줬다. 서비스처럼 보이지만 이것은 처음부터 계획된 것이었으며 하나의 전략이었다고 김이 밝혔다. 메뉴판에도 없는 음식을 한 상 차려주면 눈물을 글썽이는 남자들도 있었다고.

물론 술값에 밥값도 따로 받았다. 양은 적었으나 가격은 일반 음식점보다 비싸게 받았다. 자기 밥그릇은 잘 챙겨 사회적 지위는 가졌으나 자기 끼니는 챙기지 못하는 사람들. 그들에게 가격 따윈 중요치 않았다. 금방울에서는 그보다 더 중요한 것을 내줬으니까.

금방울에 대한 김의 추억이 흘러나왔다. 나는 드레스 하나를 바닥에 펼쳐놓고 고심하는 중이었다. 우선 아이디어가 떠오르는 대로 스케치했고, 도식화하는 작업을 했다. 김의 수다는 끝을 몰랐다. 일하는 데 때때로 방해도 됐지만 내색하지는 않았다. 김은 내가 자신의 이야기를 놓치는 것은 아닌지 중간중간 확인도 했다.

"손님들의 마음을 사로잡을 수 있는 전략이 필요해. 이제 겨우 열 시밖에 안 됐는데 손님 하나 없는 게 말이 되니?"

윤은 물랭루주에서 아홉 시 무대를 마치면 먼저 퇴근했다. 손님이 있건 없건 시간이 되면 윤은 무대 위로 올라갔다. 항상 좀 과하다 싶게 진한 화장을 하고 헤어와 의상을 갖췄다. 마치 경건한 의식을 치르는 제사장처럼 윤은 자신이 숭배하는 그 일에 마음을 다했고 열정을 바쳤다.

"그런데 왜 금방울은 문을 닫았어요?"

내가 물었다. 앉을 자리가 부족할 정도로 번성했다면서 왜 가게를 윤에게 넘겼을까. 금방울은 왜 역사가 돼 물랭루주의 뒤안길로 사라져 버렸을까.

"사장이라는 년이 그 많고 많은 손님 중에서 한 사람을 선택해버렸거든."

손님이 없으면 김은 어지간히 심심한 모양이었다. 의상실 문을 빠끔히 열고 다짜고짜 몇 마디 내뱉으며 자연스럽게 문턱에 걸터앉곤 했다. 처음에는 내가 하는 일을 감시하는 거라고 느꼈다.

나는 그레이딩 자로 치마 길이를 재며 김에게 물었다.

"선택요? 그 선택이라는 것이 가게 문을 닫아야 할 정도로 중요한 일이었나요?"

"선택이라는 것을 해서는 안 되는 사람들이었어."

원단에 초크로 재단선을 그렸다. 누름쇠로 고정을 했음에도 바닥이 미끄러운 탓에 원단이 자꾸만 밀렸다.

"언니, 저 여기 밑부분 한 번만 잡아주실 수 있어요?"

김은 자신을 '언니'라고 불러주길 원했다. 부를 때마다 엄마가 살아있다면 김과 동갑이겠구나, 하는 생각이 들기도 했다. 하지만 순순히 그렇게 해줬다.

금방울 여사장은 자신보다 열두 살이나 어린 사랑은행 과장과 연애했다. 두 사람 모두 가정이 있는 몸이었다. 처음부터 책임을 저버릴 의도는 없었다. 그저 사랑의 감정을 만끽하기에 바빴다. 하지만 금방울은 보는 눈이 많았고, 소문은 빠르게 퍼져나갔다. 혜정동 거리를 따라 불 켜진 집이면 어디에나 그들의 불륜이 통보될 정도였다.

이 사실을 알게 된 김은 금방울 여사장에게 충고했다. 남편에게 싹싹 빌고 없었던 일처럼 살라고. 한번 집을 나왔다 다시 들어가는 것은 안 들어가는 것만 못한 일이더라고, 말했다.

"사랑 믿고 집 나와 봤자 결국에 남는 건 원망뿐이었어."

김은 땅이 꺼질 듯 한숨을 내쉬는 것도 잊지 않았다. 나는 그 한숨의 깊이를 엿봤다. 사실 금방울 여사장보다 김의 사랑 이야기가 더 궁금했다. 형체도 없는 사람의 사생활과 과거는 별로 와닿지 않았다. 그런 이유로 험담할 대상은 듣는 사람도 잘 알거나 혹은 누구나 아는 사람으로 고르는 모양이었다.

"결국 과장은 퇴사했고, 사장은 금방울을 내놨어. 퇴직금이랑 이 가게 보증금, 권리금 모두 이전의 배우자들에게 위자료로 나눠주고, 두 사람은 15평짜리 아파트에 신혼집을 꾸렸대. 그래, 사랑이 그렇지. 그렇더라고. 사람을 용감하게도 만들고 바보로도 만들고."

나는 아무 대답도 하지 않고 그려놓은 선에 맞춰 재단 가위로 원단을 자르기 시작했다.

싹둑, 싹둑, 싹둑. 적막을 부추기는 스산한 가위 소리를 걷어내고 김은 뜬금없이 노래를 부르기 시작했다. 처음 듣는 노래였다. 바람이 멈추기를 염원하는 절규 같았다고나 할까. 수려한 노래 실력 때문인지 아니면 가사가 애절한 탓인지 듣는 것만으로도 서글펐다. 나는 가위질을 잠시 멈춰야만 했다.

"이젠 모두 지난 일이야. 그리우면 난 어떡하나. 부질없는 내 마음에 바보같이 눈물만 흐르네. 바람아, 멈추어다오. 바람아, 멈추어다오."

밖에는 정말 바람이 부는 모양이었다. 옥상의 풍차가 돌기 시작했는지 또다시 기이억, 기억, 하는 소리가 건물을 울렸다. 김은 제 멋에 잠겨 노래를 흥얼거렸다. 과거 어디쯤의 자신과 조우 중인 것 같았다. 나는 가만히 그런 김을 바라봤다.

물랭루주에 출근한 첫날, 윤은 자신이 소유하고 있던 드레스와 내가 작업할 공간을 보여줬다. 윤이 가지고 있던 스무 벌 정도의 드레스는 만화 속 공주들이나 입을 만한 의상이었다. 대부분 원단 자체가 저급이었고 디자인도 조악했다. 윤은 드레스를 폐업한 셀프사진관에서 구매했노라고 털어놨다.

"주천 대학교 맞은편에 보면, 아 주천대 다녔다고 했지? 거기 근처에 있던 사진관이었어."

그 사진관은 은정 때문에 한 번 간 적이 있다. 은정은 내게 사진 찍는 일을 맡기고 드레스를 입었다 벗었다 무한반복했다. 단 한 장의 SNS 업로드용 사진을 건지기 위해 그날 나는 수천 장의 사진을 찍었다. 손에 쥐가 날 지경이었는데 은정은 고마워하기는커녕 내 사진 실력을 비난했다.

사진관은 중세시대 콘셉트였으며 의상과 장소만 대여해 줬다. 사진은 손님들이 직접 찍을 수 있었는데 원하면 현상도 해줬다. 그러다 언제부턴가 그곳은 성장앨범 전문 사진관으로 탈바꿈했다. 유모차를 끌거나 아기 띠를 맨 사람들이 들어가는 걸 몇 번 본 적 있었다.

다시 보니 몇 벌의 드레스는 낯이 익었다. 은정이 그날 입었던 것들 중에서 일부가 이곳에 와 있는 것이다. 나는 마리 앙투아네트가 왈츠를 추며 입었을 만한 이 드레스들을, 윤이 캉캉을 추며 입을 만한 드레스로 수선하는 일을 했다.

김의 말대로 의상실 내부는 비품 창고였던 과거의 흔적을 고스란히 간직하고 있었다. 천장까지 닿은 꽤 높은 선반이 한쪽 벽면에 설치돼 있었다. 그 옆으로 아마 윤이 가져다 놓았을 화장대, 재봉틀 선반, 행거 옷걸이가 보였다. 선반에는 이제 식자재 대신 가지각색의 코르사주, 깃털로 된 머리핀, 마술사들이 쓰는 모자, 지팡이, 가발 따위가 정리되지 않은 채 놓여 있었다.

나는 대부분 바닥에서 작업했다. 장판이 깔려 있어 잠시 누워 쉬기에도 좋았다. 바닥에 등을 대고 천장을 바라보고 있으면 평온한 마음이 찾아들곤 했다.

윤은 마음에 둔 캉캉 의상 몇 벌을 인터넷으로 찾아 보여 줬다. 춤의 특성을 살리기 위해서는 무엇보다 치마를 펼쳐 들기 편해야 했다. 나는 치맛자락의 중앙 부분을 세로로 자르고 안을 무수한 천으로 덧대어 볼륨감을 살리는 것에 대해 상의했다. 옷을 새로 짓는 것이 아니라 기존 것을 변형시키는 일이었으므로 힘든 작업은 아니었다. 하지만 심리적 부담감은 따랐다. 처음보다 못한 것이 돼버릴 수도 있다. 그렇게 되면, 이는 변형이 아니라 훼손일 테니까.

윤은 내 실력이 궁금했는지 먼저 기존의 캉캉 의상 장식을 수선해보게 했다. 이게 물랭루주에서 처음 내게 주어진 일이었다. 나는 요구 사항을 거뜬히 해냈고, 더 나아가 여분의 천을 길게 잘라 어깨 부분에 새로 박음질했다. 움직일 때마다 그것들이 나풀거리도록 의도한 거였다. 하지만 그게 윤의 취향이 아니면 어쩌나 걱정도 들었다. 취향이라는 것은 지극히 개별적인 것이라 알아차리는 데 시간과 노력이 필요했다.

다행히 윤은 수선한 의상을 마음에 들어 했다. 가슴 위로 두 손을 포개 얹고 흥분했다는 티를 내기도 했다.

"전혀 다른 옷이 됐네. 지금 당장 무대에 서고 싶다. 매일 같은 옷을 입고 공연하는 거 좀 성의 없게 여겼거든. 아직 이렇다 할 관객은 없지만 말이야."

그때 이상하리만큼 짧은 윤의 왼쪽 새끼손가락이 눈에 들어왔다. 자세히 보니 한 마디 정도가 잘려 나가 손톱이 없었으며 그 끝도 뭉뚝했다. 놀란 내 시선을 느꼈는지 윤이 왼손을 가볍게 쥐었다 폈다. 윤을 불쾌하게 만들어버린 것은 아닌가 싶어 불안했다. 나는 드레스를 입기 편하게 손질하는 데 몰두하며 윤에게 물었다.

"입는 거 도와드려도 될까요?"

잠시 침묵하더니, 윤은 느닷없이 말했다.

"사고였어. 손가락만 그런 거 아니야. 그날 왼쪽 발도 잃었지."

잃었다니, 잃었다는 단어는 더는 그것을 가지고 있지 못할 때나 쓰는 말 아니던가. 너무 천연덕스럽게 고백하는 바람에 내가 제대로 들은 건지 의심해야 했다.

윤은 원피스 자락을 허벅지 부근까지 들어 올렸다. 불투명한 피부색 타이츠를 신은 두 다리가 드러났다. 분명 잘못 들었다고 생각했는데…… 윤의 왼쪽 다리는 의족이었다. 발목만치 내려오는 긴 원피스는 어디까지나 윤의 취향인 줄 알았다. 그 안에 감춰진 남다른 사정은 생각지도 못했다.

"운이 좋았다니까. 다행히 발목까지만 절단했어. 덕분에 춤도 출 수 있고 말이야."

운이 좋았다니. 나도 모르게 탄식 비슷한 것을 뱉어냈다.

"사라진 다리 길이만큼. 꼭 그 길이만큼 노력하니까 춤을 출 수 있게 되더라고."

윤의 공연은 여러모로 미흡했다. 하지만 무대 위의 윤은 누구보다 진지했고 열정이 넘쳤다. 세련된 춤 동작이 아니더라도 보는 사람을 압도시킬 만한 무언가로 무대를 메웠다. 윤은 나와는 전혀 다른 사람이었다. 당당하게 자신의 손상된

부위를 내보였으며 그것으로 인해 절대 불완전해지지 않았다. 마치 그 무엇도 자기 삶을 방해하도록 내버려 둘 생각이 없다는 듯.

공연을 보는 횟수가 늘수록 나는 윤의 무대를 응원하게 되었다.

"너, 옥상에 풍차가 얼마짜리인 줄 알아? 자그마치 삼천이야, 삼천."

카운터 뒷벽에 설치된 전기 컨트롤 박스를 여는데 김이 말했다. 정기휴일을 제외하고 매번 공연 시간이 되면 풍차의 조명을 켰다. 전기 컨트롤 박스를 열고 스위치를 위로 올리면 되는 간단한 일이었다. 내가 물랭루주에 오기 전에는 이 일을 김이 했다. 김은 켜는 것도 끄는 것도 자주 잊었다.

한 번 공연할 때마다 윤은 십오 분에서 이십 분가량 캉캉을 췄다. 그 시간 동안 풍차에 설치된 LED 조명은 환하게 빛을 발산했다. 누구든 그걸 보게 된다면 물랭루주가 공연 중이라는 것을 알아차리도록 말이다. 나는 정작 조명이 들어온 풍차의 모습을 보지 못했다. 삼천만 원을 들인 풍차의 주인도 나와 마찬가지일 것이다.

반짝이는 풍차를 볼 순 없어도 조명을 켜는 일은 짜릿했다. '신사숙녀 여러분!'을 외치며 쇼의 시작을 알리는, 사회자의 역할이라도 맡은 기분이었다.

윤은 무대에 오르기 전 항상 압생트를 마셨다. 나는 그녀의 모습을 주의 깊게 바라보곤 했다. 목이 긴 크리스털 고블릿 잔에 압생트를 절반 못 미치게 채우고 가루 설탕과 물을 넣었다. 스틱으로 몇 번 저으면 에메랄드빛의 액체는 어느새 젖빛으로 바뀌었다. 그건 꼭 마술 같았다. 김이 한번은 정석대로 전용 스푼에 각설탕까지 사 와 압생트를 만들어 보였지만, 윤은 자신이 타 먹는 방식을 고수했다.

윤이 빈 잔을 테이블에 놓고 자리에서 일어나면, 나는 조명을 켰고 음악을 틀었다.

"빨간 풍차가 있어야지만 물랭루주라나 뭐라나. 삼천만 원이 누구 개 이름이냐고. 차라리 그 돈, 나를 주지. 그럼 내가 옥상에 빨간 옷 입고 서서 온종일 팔 벌려 흔들어줄 텐데."

김은 무대가 끝날 때까지 혀를 끌끌 차며 신세 한탄을 이어갔다.

"다른 년들은 말이 되든가 안 되든가 지 좋아하는 놈이랑 살림 차려. 저렇게 누가 보든가 말든가 좋아하는 거 마음껏 하지. 나는 백날 남 뒤치다꺼리나 하고."

얼마 되지도 않는 손님들의 반응은 냉랭했다. 갑자기 웬 캉캉이냐며 비웃기도 했다. 술에 취해 무대에 뛰어들려는 사람도 있었다. 당연했다. 캉캉은 본래 흥겹게 단체로 추는 춤이었다. 팔이 빠져라 치맛자락을 흔들고 발차기를 수백 번을 한들 혼자는 쓸쓸하고 어색했다.

이런 생각을 윤에게 말한 적이 있다. 그때 윤은 도통 알아들을 수 없는 소리만 했다. 혼자면서 혼자가 아니라고 했다. 또 이것은 실전에서 다른 댄서들에게 방해가 되지 않기 위한 하나의 연습이라며, 알아들을 수 없는 말만 했다.

"언니, 무대에 조명을 좀 설치하면 어떨까요? 춤이 한 층 더 돋보일 것 같은데."

나는 김에게도 의견을 제시했다. 김은 내 입을 손으로 틀어막았다. 이어 한 대 쥐어박기라도 할 기세로 말했다.

"그 입 다물어. 금방울일 때는 내가 설득에 실패했다만, 이번에는 문 닫는 꼴 안 봐. 어떻게 해서든 윤 사장 말릴 거고, 너도 자르게 할 거야."

윤의 무대를 지키는 일이 곧 나의 무대를 지키는 일이 돼버리는 순간이었다. 물랭루주는 캉캉으로 번성해야만 했다. 손님만 많이 온다면 김도 저리 까칠하게만은 굴지 않으리라 생각했다.

몇 달 사이 마현시에서는 13건이나 되는 의문의 실종사건이 발생했다. 회사나 학교에 가겠다고 집을 나선 젊은 여성들이 흔적도 없이 사라졌다. 온갖 매체에서 일련의 사건들을 앞다퉈 다뤘고, 시도 때도 없이 추측성 기사를 쏟아내면서 시민들은 불안에 떨었다. 사건의 윤곽이 잡히지 않자, 연쇄살인범의 짓이라는 말이 떠돌았다. 주천 대학교의 홈페이지에도 방학 동안 학생들의 각별한 주의를 당부하는 공지가 올라왔다.

이제 사람들은 모였다면, 실종사건을 화제로 삼는 게 예삿일이 되었다. 그 여자들은 모두 어디로 사라져버린 것일까. 살인사건이라면 시신이 한 구라도 발견돼야 하는 것 아닌가. 장기매매 일당의 짓일지도 모른다. 부풀어 오른 상상의 끝은 언제나 머리털이 쭈뼛 설 정도로 오싹했다.

익숙한 집 앞 골목도 어느 날부터 음침하게 느껴졌다. 그 어귀에서 무언가가 와락 튀어나오기라도 할까 봐 긴장했다. 은정도 겁을 먹었는지 대체로 일찍 귀가했고 진수를 항상 옆에 끼고 있었다. 내가 집에 돌아오면 진수는 어쩔 수 없이 집을 나섰다. 그럴 때는 짜증 섞인 눈으로 나를 훑어보기도 했고 혼잣말을 빙자해 욕설을 뱉어내기도 했다.

은정은 남자 친구를 현관 앞까지 배웅하며 내게 들으라는 듯 일부러 큰 소리로 말하곤 했다.

"조금만 참아. 도희는 집을 구하는 대로 나갈 거야."

여자들이 자꾸만 사라진다는 이 도시에서 나는 어디로 가야 하나. 비참하고 막막했다. 물랭루주에서 일을 시작한 지

채 한 달도 되지 않았다. 통장은 비어 있었고, 가불은 차마 입에 올리기 힘들었다.

그나마 금요일에는 물랭루주를 찾는 손님이 있었다. 그래 봤자 의리로 남은 김의 오래된 단골들이었다. 김은 그들이 자리 잡은 테이블에 합석해 본인도 손님처럼 굴었다. 내게 갖은 심부름을 시켰다. 예를 들자면 손님의 지갑에서 만 원짜리 몇 장을 꺼내 아이스크림이나 숙취 해소제를 사 오게 했다.

은정과 진수만 아니라면 윤이 퇴근하는 시간에 맞춰 집에 가고 싶었다. 집이 아니고는 딱히 갈 곳도 없었다. 바깥에서 홀로 배회하다 실종자 명단에 이름을 올리고 싶지도 않았다. 어쩔 수 없었다. 막차 시간까지 물랭루주에서 버티다가 꾸역 꾸역 집으로 향하곤 했다.

"야, 임도희. 와서 치킨 먹어!"

거나하게 취한 김의 단골손님 하나가 치킨을 사 들고 가게로 들어왔다. 분명 김이 시킨 것일 테다. 남자는 술에 취해 손이 자꾸 엇나갔지만, 일회용 젓가락의 껍질을 벗겨 김 앞에 탁 놓았다. 근처에 왔는데 그냥 가려니 발길이 떨어지지 않았다나 뭐라나.

"아이 씨, 오빠! 나는 프라이드 반, 간장 반이라고 몇 번 말해!"

김은 아직 따뜻한 치킨 상자를 열며 화를 냈다. 남자는 김이 화낼수록 더 웃었고 다정했다. 나는 배는 고팠지만 이렇게 늦은 밤에 기름진 음식을 먹고 싶지는 않았다. 하지만 김은 기어이 닭다리 하나를 내게 내밀었다. 나는 마지못해 소파에 앉았다. 김이 갑자기 남자의 등짝을 후려쳤다. 나는 닭다리를 받아 냉큼 입속으로 쑤셔 넣었다.

"어디서 이렇게 마시고 다니는 거야? 우리 가게 매상을 올려줘야지."

안주로 김치찌개라도 먹은 걸까, 남자의 티셔츠 가슴팍에 김칫국물 자국이 선명했다. 남자는 김에게 얻어맞고도 해맑게 웃었다. 바보처럼 말이다. 그의 누런 이에는 붉은 실로 수놓은 것처럼 고춧가루가 잔뜩 끼어 있었다. 나는 치킨만 쳐다보기로 했다.

"좀 이상해졌잖아. 분위기가."

남자가 깨소금 포장지의 모서리를 접어 이를 쑤셨다.

"분위기 보고 오는 거야? 나 보고 오는 거 아니었어?"

눈을 흘기면서 김이 말했다. 뭐가 그리도 좋은지 남자는 잇몸까지 드러내며 느끼한 미소를 지었다.

"그래서 내가 모셔다드리려고 왔잖아. 예쁜 여자들이 자꾸만 사라진다니까 걱정도 되고. 뭐, 밤에는 어두워서 얼굴이 안 보이니까 못생긴 여자들도 물론 조심해야겠지만."

남자는 '못생긴 여자'를 발음할 때, 의도적으로 나를 훑어 봤다. 나는 들고 있던 닭다리로 남자의 훤히 까진 이마를 내려치고 싶었지만, 참았다. 내가 못생긴 데 지가 뭐 보태준 거 있나.

김은 남자들에게 인기가 많았다. 가끔 가게로 꽃 배달이 오곤 했다. 꽃바구니를 앞에 두고 보여주는 윤과 김의 태도는 판이하게 달랐다. 윤은 꽃을 꽃으로 보고 감상할 줄 알았으나, 김은 꽃을 보고 돈을 떠올렸다. 멍청한 남자들은 그런 것도 모르고 김에게 주야장천 꽃을 보내왔다. 여자라고 다 꽃을 좋아하는 것은 아닌데.

남자는 안 그래도 작은 눈을 가느다란 실처럼 뜨고 스산한 목소리로 말했다.

"실은 실종된 여자가 스무 명은 족히 넘는다지? 그것도 실종된 게 아니라 다 죽었다는 얘기가 있어."

"에이, 설마! 시체도 한 구 안 나오는데, 다 죽었으려고? 그런 소리 마."

"왜 시체가 없는 줄 알아?"

"경찰도 모르는 걸 우리가 어떻게 알겠어. 도희야, 가서 맥주 다섯 병만."

김은 이러려고 한사코 마다하는 나를 테이블에 앉혀 놓은 것이다. 나는 먹는 일을 멈추고 냉장고로 가서 맥주 네 병을 들고 왔다. 두 손으로 다섯 병을 한꺼번에 옮기는 건 내 능력 밖의 일이었다. 맥주를 테이블에 내려놓자마자 김은 병따개를 들이댔다. 병뚜껑을 모조리 따버리라고, 내게 못된 시어머니처럼 말했다.

"도희야, 다섯 병이라고 했잖니."

"다 마시면, 이따가 또 한 병 가져올게요. 마시지도 않을 거면서."

소심하지만 꾸준히 반항하는 것으로 나는 김에게 버텼다.

"넌 애가 왜 그리 눈치가 없니. 오빠, 계속 말해봐. 왜 시체가 없는데?"

"태웠으니까. 태워버렸기 때문이야."

다 발라먹은 뼈를 테이블 위에 가지런히 올리며, 내가 이의를 제기했다.

"그럼 어디선가 뼈라도 발견돼야죠?"

"그렇지, 뼈가 남겠지. 하지만 범인은 그 뼈마저도 감쪽같이 없앨 수 있는 사람이거든."

"호랑이는 죽으면 가죽을 남기고 사람은 죽으면 뼈를 남긴다잖아. 오빠, 뼈를 무슨 수로 없애는데?"

김이 속담까지 가져다 말했고, 나는 그 찬스를 놓칠 리 없었다.

"사람은 뼈가 아니라, 이름을 남기겠죠!"

김은 나를 쏘아봤다. 남자는 잠시 소리 내 웃더니 말을 이어갔다.

"뼈든, 이름이든, 지금 그게 중요한 게 아니란 말이야. 도담 도예방 알아?"

"도담 도예방이면 그 용두마을 초입에 보이는 거 말하는 거지? 나 그 도예가 알아. 거기 도자기 체험하러 몇 번 갔었거든."

"그래, 거기 맞아. 거기 주인! 그 자식이 정말 무서운 놈이거든. 결혼식 올리고 한 달도 안 돼서 제 마누라를 차로 치어 죽였잖아. 인적 드문 산길 도로로 데려가서. 완전 계획적인 거지."

"보험금 때문에?"

"재작년인가, 제 마누라 죽였을 땐 그런 줄로만 알았어. 그런데 요즘 젊은 여자들이 계속 사라지잖아. 뭐겠어? 이 자식은 돈 때문이 아니라 단순히 살인을 즐기는 거야."

"에이, 증거 있어? 사람이 좀 무뚝뚝하긴 했지만 그럴 사람으로는 안 보이던데. 생긴 건 오빠가 더 흉악범 같아."

김의 말을 듣고 보니 남자 옷의 김칫국물 자국이 핏자국처럼 보이기도 했다.

"거기에 내 친구가 흙을 납품하거든. 하루는 밤에 갔나 봐. 도예방에 아무도 없어서 뒤에 있는 가마터로 갔대. 그 새끼가 혼자서 뭘 하고 있다가 내 친구를 보고는 화들짝 놀라더라는 거야."

"그래서?"

김은 이제 남자의 턱 밑까지 얼굴을 들이밀고는 다음 말을 재촉했다.

"보니까 옆에 믹서가 놓여 있더래. 그 대용량 믹서 알지? 요즘 광고하잖아."

"알지. 잘 알아. 벽돌 같은 것도 단숨에 갈아버린다는. 도희야! 우리도 그거 하나 살까? 생과일주스라도 같이 팔아보든지 해야지. 이렇게 손님이 없어서."

백치미와 더불어 산만하기로도 둘째가라면 서운한 사람이, 바로 김이었다.

"암튼 그 자식이 놀라서 믹서 뚜껑을 후다닥 닫더라는 거지. 친구가 시간을 끌려고 필요도 없는 세금계산서를 끊어달라고 부탁했대. 그래서 그 자식이 안으로 들어가는데, 들어가면서도 자꾸만 뒤를 돌아보더래. 느낌이 이상하잖아. 그래서 몰래 뚜껑을 열어봤더니……."

"봤더니?"

"뼈가 있더래. 근데 뼈가 따뜻했대. 방금 가마에서 나온 것처럼."

"뼈?"

"그 새끼, 나랑 중학교 동창이야. 어릴 때도 보면 뭔가 칙칙한 게 기분 나빴어. 친구들하고 잘 어울리지도 않고. 갑자기 용두마을로 들어와서 마을 사람들 한동안 골치 썩었지."

"세상에! 여기서도 엄청 가깝잖아. 버스로 세 정거장 정도 될걸? 근데 신고는 했어? 우리가 신고하자. 혹시 포상금 같은 거 받을 수 있을지도 모르잖아."

김은 당장 도담 도예방으로 달려가 덮칠 기세였다. 김이 흥분할수록 남자의 태도는 느슨해졌다.

"에이, 진작 증거를 없애버렸겠지. 가루로 만드는 이유가 뭐겠어. 변기에 버렸거나 근처에 하천도 흐르잖아."

김은 그날 평소보다 빨리 단골손님을 따라 귀가했다. 나는 작업하던 것을 마무리 짓고 갈 요량으로 가게에 홀로 남았다. 시킨 것은 아니지만 어질러진 테이블을 치우고 설거지도 했다. 시계를 보니 새벽 한 시였다.

잠시 의상실 바닥에 누워 쉰다는 게 깜빡 잠이 든 모양이었다. 눈을 떠보니, 벌써 날이 밝은 뒤였다. 서둘러 전날 만들어둔 코르사주를 드레스 앞쪽에 부착시켰다. 스냅 단추를 달았고 탈 부착할 수 있게 했다.

나는 집으로 향하는 내내 섭섭했다. 룸메이트인 은정한테서 전화나 메시지라도 한 통 와 있으려나 했는데, 은정은 물론이고 그 누구도 내 안부 따위는 궁금해하지 않는다는 현실을 실감했다.

버스가 잠시 정차했다. 창밖에 도담 도예방이 눈에 들어왔다. 동그란 나무 간판에, '도담' 두 글자가 적혀 있었다. 앞마당에는 항아리 같은 커다란 도자기 제품들이 쟁여져 있었다. 그 옆으로 개울 같은 것이 흐르는 것도 보였다. 그래서인지 안개가 자욱하게 흩날렸다. 어젯밤 들은 이야기가 떠올랐다. 도대체 어떻게 생긴 사람일까. 나는 버스 창문을 열고 눈을 부라리며 좀 더 자세히 그 안을 들여다보려 했다. 개미 새끼한 마리도 보이질 않았다.

문득 나야말로 모두의 기억 속에서 실종되고 말았다는 생각이 들었다. 내가 사라져도 실종됐다는 사실마저 실종되고 말 것이다.

집에 도착해 현관문을 열자마자, 차가운 공기가 마중 나왔다. 방 안에는 진수와 은정이 잠들어 있었다. 에어컨 온도는 19도에 맞춰놓고 이불은 왜 뒤집어썼담. 나는 서둘러 에어컨 리모컨을 찾았다. 진수는 인사라도 건네듯 코를 골았다. 진수는 술만 마셨다 하면 코를 심하게 골았다.

방 안은 냉장고처럼 차가웠으나 신선하지는 못했다. 퀴퀴한 담배 찌든 냄새와 먹다가 그대로 싱크대에 올려놓은 음식물 냄새가 뒤섞여 고약하고 불쾌했다. 에어컨을 끄고 창문을 열어 환기부터 시켰다. 바닥에 놓인 맥주 캔을 물로 한번 헹구고 찌그러뜨렸다. 흩뿌려져 있는 과자 부스러기를 손으로 비질해 모으고 걸레로 닦아냈다.

잠에서 깼는지 은정이 잠긴 목소리로 말했다.

"집 구했나 보네."

"어?"

오랜만에 은정이 미소까지 보이며 말했다. 나는 그 잔인한 미소에 질려 얼떨결에 응, 그래, 하고 대답해버렸다. 하던 걸레질을 멈추고 이 집에 들어올 때 소지품을 담아 왔던 보스턴 백을 꺼내 그날처럼 다시 채웠다.

은정은 친절하게도 모아둔 쇼핑백 몇 개를 내 옆에 가져다주었다. 옷가지와 속옷, 신발은 거기에 담았다. 짐이라고 해봤자 얼마 되지도 않아 이삿짐처럼 보이지도 않았다.

"책은 나중에 옮겨도 될까?"

"편할 대로 해."

진수가 자리에 누운 채로 내게 물었다.

"집은 어디다 구했는데?"

난처한 답변을 다행스럽게도 은정이 가로챘다.

"그걸 네가 왜 궁금해하는데?"

"친구끼리 그런 것도 못 물어보냐."

"너희가 그냥 친구야?"

내가 밖으로 빠져나가기 무섭게 은정은 현관문을 닫아버렸다. 나는 신발을 신는 동안에도 은정에게 뭐라고 작별 인사를 해야 할지 고민했다. 또 만나, 연락할게, 잘 지내, 행운을 빌어, 자주 놀러 올게. 불현듯 날아든 이별에 걸맞은 인사말을 찾기란 힘들었다. 결국에는 쾅! 하고 문 닫히는 소리만 남았다. 매정하게 닫힌 현관문을 바라보니 섭섭하면서도 한편으로는 속이 후련했다.

두 사람은 눈엣가시를 뽑아냈으니 그 기념으로 모닝 섹스를 즐길 것이다. 점심으로 배달 음식을 시켜 먹고 넷플릭스로 미드 몇 편을 보다가 저녁으로는 뭘 먹을지를 고민하며 하루를 보낼 것이다. 나처럼 어디로 가야 할지 당장 어떻게 살아야 할지, 같은 긴박한 고민은 하지 않아도 된다.

화장실에 두고 온 칫솔, 할인할 때 인터넷으로 대량 구매한 생리대, 은정이 빌려 가 돌려주지 않은 귀걸이, 진수가 베고 누워 있던 나의 베개여, 안녕히.

이제 어딘가를 향해 발길을 떼어놓아야 하는데, 당장 생각나는 곳은 물랭루주뿐이었다.

짐은 드레스들 사이에 아무렇게나 밀어 넣어뒀다. 그렇게 의상실 안에서 며칠을 보냈다. 오후 네 시쯤 아무도 모르게 밖으로 나갔다가 출근 시간에 맞춰 다섯 시쯤 다시 들어왔다. 저녁에는 김과 함께 퇴근했다가 김이 저만치 멀어지면 다시 가게로 돌아와 잠에 들곤 했다.

그러다 이곳에서 살면 어떨까 생각했다. 은정이 없는 홀가분한 공간이 마음에 들었다. 방바닥에 살이 찌그덕 달라붙기도 하고, 더워서 자다가 몇 번 깨기도 했지만 말이다. 일요일과 공휴일에는 가게 문을 닫았다. 혼자라는 생각에 외롭기도 했으나 간간이 들려오는 풍차 돌아가는 소리에 그 생각마저도 금세 가셨다.

월급날이 되자, 윤은 나를 살짝 부르더니 핑크색 봉투를 건넸다. 그 안에는 빳빳한 오만 원짜리 스무 장이 들어 있었다. 내가 생각했던 것보다 액수가 많았다. 나는 윤에게 계산이 잘못된 것 아니냐고 넌지시 말했다. 윤은 주방에 있는 김의 눈치를 살피더니 이렇게 속삭였다.

"열심히 옷 만들어줬잖아. 네가 온 뒤로 공연 준비도 수월해지고, 그래서 조금 더 넣었어."

면접을 볼 때 윤은 임금을 많이 줄 형편은 못 된다고 했다. 대신 원하는 시간에 와서 자유롭게 일하라고 했다. 하루에 3만 원이라는 일급을 제안했고 나는 흔쾌히 승낙했다. 애초부터 큰 액수를 기대하지도 않았다. 나는 전문가도 아니며, 의상 디자인학과를 다녔으나 겨우 2학년 1학기를 끝마친 상태였다. 또 선배들이 졸업 후 막내 디자이너로 취직해 받는 열정 페이에 대해 익히 듣기도 했다. 이전에 했던 교내 근로 아르바이트도 학기당 정해진 시간이 있어 한 달에 최대 60만 원을 넘지 못했다.

고등학교 때 아르바이트한 식당의 사장은 또 어떠했나. 기상천외한 평계를 만들어 시급을 깎으려 들었다. 손님이 서비스에 불만이 많았다며 하루 일당을 제하기도 했다. 다른 아르바이트도 사정은 비슷했다. 사장이란 족속들에게는 전부 같은 피가 흐르는 줄 알았다.

윤이 세상 물정을 모르고 너무 후하게 쳐준 것은 아닌가 싶었다. 무엇보다 나는 윤과 김을 속이고 물랭루주에서 숙박하는 처지였다. 핑크 봉투가 죄책감으로 얼룩졌다.

그 후부터 나는 물랭루주에 혼자 남겨지면 밀걸레로 바닥과 무대를 깨끗이 닦았다. 내가 윤을 위해 할 수 있는 일이 더 없을지도 고민했다. 나름대로 이런저런 방법을 찾아 마음의 빚을 덜어낼 작정이었다.

"윤 사장, 이 가방 어때?"

김이 새로 산 가방을 어깨에 걸치곤 무대 위로 올라가 과장되게 워킹을 했다. 키만 조금 더 컸으면 미시 모델로도 손색없어 보였다.

"예뻐. 언니도, 가방도."

"당연하지, 비싼 거니까. 세 시간이나 웨이팅 해서 겨우 사 왔다고."

세 시간 기다리는 것은 기본이라고 했다. 매장 안에 자신이 원하는 모델이 없으면 며칠을, 몇 달을 넉넉하게 기다릴 줄 알아야 한다고 했다. 가방 하나에 수백만 원씩 하는데 그것을 살 수 있는 사람들이 줄을 설 정도로 많다니. 본 적이 없으니 믿기지도 않았다. 그들은 분명 자궁이 아닌 금광에서 잉태된 이들일 것이다.

"도희, 한번 만져보게 해줄게."

"됐어요."

나는 카운터에 앉아서 가게 이름을 딴 유튜브 채널을 개설했다. 윤이 쏟는 열정이 눈앞에서 사라져버리는 것이 늘 아쉬웠다. 영상이라도 올리면 물랭루주 홍보에도 도움이 될 것 같았다.

"도희야, 관리 좀 하고 그래라. 아이크림은 바르니? 너 집중할 때 보면 눈가에 벌써 주름이 자글자글해. 이십 대면 이십 대답게! 너희 엄마는 딸을 너무 방치한다."

엄마라는 단어가 불쑥 귓가에 얹히자 명치를 얻어맞은 것처럼 욱신거렸다. 김은 홈쇼핑 쇼호스트라도 되는 마냥 내 앞에서 눈가에 아이크림 바르는 모습을 시연했다. 문지르고 또 문지르며 콧노래까지 흥얼거렸다.

"엄마가 없거든요."

내 말이 끝나기 무섭게 희디흰 김의 피부가 벌겋게 달아올랐다. 김은 아이크림의 뚜껑을 닫더니 그걸 내 옆으로 쓱 밀었다. 그리고 말했다.

"나한테 정말 안 맞아서 너 줄게. 진짜 비싸고 한 번밖에 안 바른 거지만."

김은 홍시처럼 빨갛게 익은 얼굴을 하고는 카운터를 지나 주방으로 후다닥 들어가버렸다.

크리스마스
씰의 추억

임춘배 씨는 숫자가 아닌 크리스마스 씰의 디자인으로 지
난 시간을 기억했다. 내가 태어난 해에는 밤하늘의 별자리
를 테마로 한 야광 디자인이, 엄마가 죽던 해에는 세계의 민
속 의상을 테마로 금박 종이에 인쇄된 크리스마스 씰이 출
시됐다.

겨울 같지 않은 겨울날, 우체국 앞을 지나다가 아직도 크
리스마스 씰이 매년 제작되고 있다는 사실에 놀랐다. 결핵
퇴치 기금을 모으기 위해 크리스마스 전후에 발행됐던 우표
모양의 이것은, 매년 테마와 디자인이 바뀌었다. 보통 한 장
에 열 개씩 나뉘어 있었는데 초등학교 때 몇 차례 산 경험이
있다.

11월 초가 되면, 반장은 크리스마스 씰 값을 걷고 다녔다. 학급마다 할당량이 있었으므로 적어도 한 장은 사야 했다. 그때마다 나는 아버지에게 삼천 원만, 하고 조심스럽게 말하곤 했고 아버지는 그 의미를 귀신같이 알아차렸다. 바지춤에서 꾸깃꾸깃한 천 원짜리 석 장을 건네며, 이렇게 말하곤 했다. 빌어먹을 크리스마스 씰.

나는 우체국 창구에서 그 빌어먹을 것을 세 장 샀다. 김과 윤도 크리스마스 씰을 보면 놀라지 않을까 생각해서였다. 이것이야말로 각기 다른 시간을 살아왔지만, 공평하게 나누어 가진 겨울의 일부일 것이다.

엄마가 죽기 전까지 임춘배 씨는 성실한 집배원이었다. 빨간 자전거를 타고 어깨에 갈색 집배가방을 매던 시절부터 그는 편지 전하는 일을 했다. 집배원은 그가 가진 첫 번째 직업이자 마지막 직업이었다.

아버지가 일을 그만두고 한참이나 지난 어느 날이었다. 과거 아버지의 동료였던 이가 우리 집을 찾아왔다. 그는 자신이 기억하는 임춘배 씨를 내게 들려줬다. 머리가 좋아 구역의 번지수를 촘촘하게 암기했고, 손과 발이 빨라 남들보다 몇 시간은 앞서 일을 끝낼 정도였다고 했다. 동료들은 아버지를 '왕제비'라고 불렀다며 내 앞에서 어색한 날갯짓까지

해 보였다. 자신이 봐도 더는 아버지가 존경받는 가장이 되기에 적합하지 않았던 모양이다.

그의 이야기를 듣는 내내 아버지와 왕제비가 동일 인물이 맞는가 싶었다. 공감이 되질 않아 지루했다. 하지만 아버지가 왜 그토록 서둘러 일을 마쳤는지는 알 만했다. 아버지의 동료는 내게 위안이 될 몇 조각의 과거, 동정이 담긴 몇만 원의 용돈을 건네고 사라졌다. 다신 왕제비를 만나러 오진 않았다.

나는 엄마와 6년쯤 함께 살았고, 아버지는 엄마와 나보다 고작 몇 년을 더 살았을 뿐이다. 그래서 엄마에 대한 기억은 성냥갑에 담아도 될 만큼 작고 귀했다. 자라는 동안 그 기억을 자주 꺼내 보며 그리움을 달랬다. 차츰 엄마에 대해 스스로 알아갔다.

기억 속 엄마는 보통의 엄마들과는 어딘가 달랐다. 내가 잘못을 저질러도 혼내지 않았다. 내게 책을 읽어주지도, 밥을 차려주지도 않았다. 어린 나와 그저 친구처럼 함께 놀았다. 엄마는 지능이 조금 모자란 사람이었다.

아버지는 왕제비가 되고 싶어 된 것이 아니었을 테다. 동네 사람들이 바보라고 부르는 자신의 아내, 그리고 어린 딸. 그럴 수밖에 없던 현실이 그렇게 만들어준 것이다.

새벽에 출근하는 아버지는 밥을 차려놓고 나갔다. 나와 엄마는 그 밥을 먹고 해가 저물기만을 기다렸다. 아버지가 해선 안 된다고 당부한 몇 개의 규칙을 기억하며 서로 감시하고 참았다.

아버지는 12월이 되면 여느 때보다 늦게 집에 돌아왔다. 2000년대 초반까지만 해도 인터넷과 핸드폰이 지금처럼 보편화되어 있지는 않았다. 크리스마스 카드와 새해 연하장을 우편으로 주고받곤 했다. 그 때문에 우편물 수가 늘어난 것도 있지만, 무엇보다 크리스마스 씰 때문이었다. 이걸 우표인 줄 알고 붙인 사람들이 생각보다 많았다. 그런 우편물을 추려내는 작업과 반송까지 해야 했다. 아버지가 해마다 발행된 크리스마스 씰의 디자인을 그토록 잘 기억하는 이유가, 이런 사연에 있다.

큰돈을 벌지는 못했지만, 그때까지만 해도 먹고살기엔 나쁘지 않은 형편이었다. 아버지의 빨간 자전거는 진작 오토바이로 변했으며, 표창장을 받으러 서울에도 여러 번 다녀왔다.

하지만 내가 여섯 살이 되던 해 엄마가 돌아가셨고, 아버지는 숨만 쉬었지 함께 죽은 것이나 마찬가지였다. 내가 초등학교에 입학할 즈음에는 일마저 손을 놨다. 그 손에는 매일 술병이 들려있었다.

엄마와 아버지는 열 살 차이가 났다. 계산해보니 엄마는 지금의 내 나이쯤 나를 낳았던 것 같다. 두 사람이 어떻게 만났고 함께 살게 됐는지는 모른다. 아버지에게는 이제 물어볼 수도 없게 되었으니 영원히 미제로 남을 것이다. 이럴 줄 알았다면 엄마에게 물어볼걸. 하지만 그때는 그런 것들보다 이따 저녁은 뭘 먹게 될지가 더 궁금한 나이였다.

확실한 한 가지는, 두 사람이 결혼식을 올리지 않았다는 것이다. 그 흔한 반지 하나도 나눠 끼지 않았으며 사진도 없었다. 하지만 특이하게도 장롱 속에 웨딩드레스가 한 벌 걸려 있었다.

자개장 두 번째 칸, 투명한 비닐 옷 커버에 싸인 채 걸려 있던 그것! 내가 태어나기 전부터 당연한 것처럼 항상 그 자리에 있었다. 그 드레스의 내막도 나는 잘 모른다. 생각해보니, 우리는 서로에게 정해진 호칭만 부르며 정해진 공간 안에서 함께 살았을 뿐이다. 쓸데없는 것들만 묻고 답하며 정해진 시간을 소비했다.

엄마는 자주 그 드레스를 꺼내 입었다. 나도 그때마다 분홍색 원피스로 갈아입었다. 엄마는 '나는 공주야' 같은 말을 진심처럼 뱉어내며 방 안을 공주처럼 거닐었다.

"엄마, 공주인데 왜 드레스가 하나뿐이야? 공주는 드레스가 열 개도 더 넘게 있어야 해."

"그럼 엄마 공주 못 하는 거야? 도희야, 엄마 공주 하고 싶은데.”

엄마가 시무룩해져 있으면 나는 엄마의 양 볼을 손으로 비비면서 말했다.

“내가 나중에 만들어줄까? 지금은 색종이로 만들어주고.”

나는 엄마가 부업으로 넥타이 만드는 걸 숱하게 봐왔다. 그랬으니 나이를 먹으면 드레스 정도는 쉽게 만들 수 있으리라 생각했던 것 같다.

엄마가 나와 철없이 놀기만 한 것은 아니었다. 이웃집 여자들을 따라 집 앞 바닷가에 나가서 게도 잡아 오고 손 닿는 대로 부업도 했다. 매주 수요일마다 넥타이 공장에서 나온 직원들이 일차 작업 된 넥타이를 포대에 담아 동네에 내려주고, 완성된 물건을 실어 갔다.

공장에서는 반쯤 완성된 넥타이를 가져다췄는데, 엄마는 거기에 심지를 넣고 공글리기 방식으로 꿰매는 일을 했다. 그렇게 마무리 작업이 끝나면, 다시 공장으로 되돌아가 상표를 붙이고 포장이 돼 백화점으로 팔려나간다고 했다.

엄마는 손바느질에 그런대로 재능이 있었던 모양이다. 남들보다 늦었지만 꼼꼼했다. 물량이 줄어 동네 여자들 대부분이 일감을 잃었을 때도 엄마는 계속 일할 수 있었다.

엄마가 넥타이를 만들 때마다 나는 그 옆에 앉아 색종이를 오려 드레스 만드는 일에 몰두했다. 그 부업은 수요일이 되면 내게 과자가 됐고 핫도그가 되기도 했다. 기다리는 날은 항상 더디 온다는 걸 그때 배웠다.

일차 작업부터 잘못돼 형태가 조금 틀어진 불량 넥타이는 아빠 몫으로 몇 개 남겨 놨다. 판매하기에는 엄연히 불량이었지만 매는 데 지장은 없었다. 아빠는 평소에 넥타이가 필요치 않았으므로 거의 장롱에 걸어두기만 했다.

세계의 민속 의상을 테마로 한 금박의 크리스마스 씰이 발행된 그해, 그 넥타이는 엄마가 사용해버렸다. 친구 집에서 한참 놀고 왔더니 집 앞에 구급차가 와 있었다. 퇴근하기에는 이른 시간인데도 아버지가 보였다. 아버지는 흙바닥에 그냥 앉으면 옷이 더러워진다고 매번 나무라던 사람이었다. 그런 아버지가 바닥에 주저앉아 일어날 줄 몰랐다.

나는 사람들이 하는 말을 들었다. 바보가 수건걸이에 넥타이로 목을 맬 생각을 어찌 했는지. 바보가, 바보가, 자살을 다 하다니. 사람들이 말하는 바보가 엄마라는 것을, 장례식을 마칠 때까지도, 나는 믿지 못했다.

건물에 들어서자, 낯선 소음이 층계 아래로 굴러내려 왔다. 풍차에서 비롯된 소리, 정체 모를 웅얼거리는 소리가 한데 뭉쳐 빚어낸 소음이었다. 물랭루주 출입문을 열자 의문의 소리는 한층 명확해졌고, 내부 스피커를 통해 어학용 음원이 재생 중이라는 걸 알아차릴 수 있었다.

나는 소리에 집중하느라 하마터면 윤을 발견하지 못하고 지나칠 뻔했다. 윤은 창가 소파에 누워 있었다. 평소 출근 시간보다 이른 시간이었다. 윤은 누가 올 거란 생각은 못 했는지 교재에 코를 박고 스피커에서 흘러나오는 외국어를 연거푸 큰소리로 흉내 냈다.

소파 밑에는 윤의 의족과 벗어둔 신발이 함께 놓여 있었다. 윤은 뒤늦게 나를 발견하고는 부산스럽게 움직였다. 그리고 어색하게 몇 마디를 변명처럼 늘어놓았다.

"겨울이 되면 잘린 부위가 좀 더 아린 기분이랄까. 찜질해주면 한결 더 편해지거든."

자신의 맨다리를 보인 걸 큰 실례라도 되는 양 굴었다. 나는 윤이 방금 테이블로 올려놓은 찜질팩에 가만히 손을 대봤다. 이미 식어 있었다. 아무 말 없이 찜질팩을 쥐고 주방으로 들어가 전자레인지에 넣었다. 스피커 속 여자의 목소리는 한층 더 낭랑했고 그 특유의 발음은 비눗방울이 돼 가게 안을 방울방울 떠다니는 듯했다. 주황빛 광선을 쬐며 접시가 회전하는 동안 비로소 윤이 프랑스어 공부를 하고 있었다는 걸 눈치챘다. 하지만 이내 비눗방울은 사그라들었다.

데워진 찜질팩을 들고 나가보니 벌써 윤은 의족을 다 채우고 피부색 타이츠를 그 위에 입을 참이었다. 윤은 내 손에 들린 것을 보고 조금 의아해하는 눈치였으며 곧 괜찮다고 사양했다. 나는 서둘러 가게에 온 것이 괜히 미안했다. 윤의 평온한 시간을 방해해버린 셈이 됐으니까. 내가 몇 번 더 권하자 윤은 마지못해 의족을 벗었고 소파 위에 다리를 뉘었다. 나는 윤의 다리 위에 조심스럽게 찜질팩을 올려놨다.

"프랑스어 공부하세요?"

"응, 델프 시험 준비하고 있어. 올해 한 번 떨어졌거든. 내년 봄에 보려고 조금씩 준비 중이야. 겨우 B1이지만."

델프-달프 시험은 프랑스어 공인 인증 자격시험이라고 했다. 총 6단계로 나뉘어져 있는데, 작년에 독학으로 A2에 합격했고 그다음 단계인 B1을 준비하는 중이라고 했다. B1이 현지 초등학생 수준이니까, 자신은 아직 어린이인 셈이라며 윤은 아이처럼 웃었다.

"1대1로 구술시험도 보는데 입이 떨어지질 않아."

나는 조금 의아했다. 프랑스로 여행을 가기 위한 거라면 굳이 공인 인증 자격증까지 필요하지는 않을 것이다. 오지도 않을 프랑스 손님을 맞으려고 준비라도 하는 걸까. 델프-달프, 다시 발음해보니 어쩐지 과일잼 이름 같았다.

"불어는 왜요?"

"가야 하니까."

윤에게 몇 가지를 더 물어보려 했는데 마침 김이 들어왔다. 택배 상자 몇 개를 끌어안고 씩씩댔다. 늘 그렇듯이 물랭루주의 평온은 곧 증발했다.

"야, 임도희! 이거 받아. 다 네 거다."

내가 택배 상자를 받아서 들자마자 이번에는 윤을 향해 잔소리를 늘어놓기 시작했다.

"나이를 생각해야지. 말짱한 다리로도 계단 오르락내리락 하면 관절이 다 아픈데 성치도 않은 다리로 춤을 춘다는 게 어디 쉬운 일이야?"

중고로 산 조명과 삼각대가 배송된 것이었다. 택배 상자를 열 때까지만 해도 김은 관심을 두고 기웃댔다. 하지만 내가 꺼낸 물건이 예상 밖의 것이었는지 실망하는 눈치였다. 나는 그전부터 윤에게 뭐라도 선물하고 싶었다.

얼마 전, 업로드 한 유튜브 영상들을 윤에게 보여줬다. 여전히 조회 수는 저조하나 구독자도 생겼다. 어떤 사람은 '마현시에 가면 꼭 한번 들러보고 싶어요'라고 댓글도 남겼다. 윤은 댓글을 소리 내 읽었다. 김은 그 옆에서 윤의 연예인 병에 숨을 불어넣는 처사라며 나를 타박하기 바빴다.

영상을 편집하다 보니 조명과 카메라의 흔들림이 아쉬웠다. 삼각대는 그렇다 쳐도 조명은 고가라 엄두가 안 났다.

조명을 바닥에 내려놓고 음악을 틀었다. 오색찬란한 빛이 음원에 따라 반응하며 빛을 쏘기 시작했다. 알록달록한 패턴

들이 물랭루주 안을 수놓았다. 김은 자신도 모르게 연신 감탄해버렸다.

이십만 원 정도 하는 조명 장비를 중고거래 사이트에서 5만 원에, 삼각대는 특가 세일로 만 원에 샀다. 이것들을 산 이유를 설명하면서 두 가지 모두 무료 나눔 받은 것이라고 둘러댔다. 윤이 내 선물에 부담을 느끼고 값을 치를 것 같았기 때문이다.

아버지가 일을 그만둔 뒤로 여러 번 이사했다. 이사를 다닐수록 집의 크기는 줄었고, 그와 반대로 나는 자랐다. 이전보다 자란 것은 분명했으나 다른 아이들에 비해서는 작고 여윈 편이었다.

중학교에 들어가던 해, 결국에는 방 한 칸짜리 집으로 좁혀 이사했다. 거의 무료 나눔이나 마찬가지인 그런 데였다. 어찌 보면 사람이 살기엔 적당하지 않았다. 오랫동안 비워둔 공간으로, 고기 잡을 때 쓰는 어망이나 밧줄 따위를 보관하는 창고 역할을 하던 곳이었다.

집주인은 한동네에 살며 오랫동안 우리 처지를 봐왔으므로 그냥 들어가 살라고 했다. 자존심이 상한 아버지는 고맙다는 인사 대신 불같이 화를 냈다. 주인은 억지로 매달 10만 원의 집세를 받아야 했다.

세간도 조금씩 처분하거나 버렸다. 그 와중에도 마지막까지 자개농과 그 안의 드레스는 우리를 따라다녔다. 자개농은 방 한 칸짜리 집에 어울리지 않는 사치품이 됐다. 아버지는 그래도 그때까진 독실한 기독교인이었다. 일요일은 술을 마시지 않았으며 나와 함께 교회에 나갔다.

나는 학교에 다녀오면 가장 먼저 자개농을 열어 드레스를 봤다. 오간디 소재로 만들어졌으며 어깨의 양옆으로 뽕이 가득 들어간 볼 가운 스타일이었다. 가슴 부분의 장식은 앤티크 벽지에나 새겨질 법한 무늬였는데 작은 진주알로 수놓아졌다.

아버지도 홀로 집에 있을 땐 나처럼 드레스를 엄마라도 되듯 바라보는 것 같았다. 술에 취한 아버지는 꼭 자개농 문을 열어둔 채 그 밑에서 곯아떨어져 있었다. 나와 아버지에게 그 드레스는 유일하게 남은 엄마이자 추억이었다.

아버지의 지인들과 친척들은 끊임없이 아버지에게 재혼을 권유했다. 여자가 생기면 금세 좋아질 일이라고 자기들끼리 얘기하는 걸 들었다. 차라리 팥쥐 엄마 같은 계모라도 좋으니 아버지가 다시 예전으로 돌아가길 진심으로 바랐다.

하지만 계모 후보들은 꾀죄죄한 우리 집과 멸치처럼 마른 나를 보고 질색하며 도망쳤다. 아버지도 어쩐지 그들의 도망을 가만히 내버려두는 것처럼 보였다. 오히려 그러기를 바라

는 것도 같았다. 골방에서 담배만 푹푹 피우며 문밖으로 나
와 보지도 않았다.

김이 주방에서 조그마한 상자를 들고 나왔다. 테이블 위에
신문 두 장을 겹쳐 깔더니 그 위로 상자의 것을 한꺼번에 부
었다. 은색의 멸치들이 쏟아져 나왔고 비린내가 훅 끼쳐왔다.
"기본안주로 마른 멸치 찾는 진상들 꼭 있어. 둘 다 쓸데
없는 이야기 하려거든 손이라도 쓸모 있게 멸치 손질이나
같이해."
나와 윤은 의상을 장식할 부자재를 의논하는 중이었다. 윤
은 평소에는 더없이 수수하지만, 무대에서만큼은 화려한 스
타일을 지향했다. 의상실에 들어올 때와 나갈 때 윤은 전혀
다른 사람이 됐다. 특히 무대 위에서의 카리스마는 평소에는
찾아보기 힘든 것이었다. 화장과 의상이 주는 힘일 수도 있
지만, 공연 전에 마시는 독한 압생트의 효과일지도 모른다고
가끔 생각했다.
내가 한번은 윤에게 물었던 적이 있다.
"왜 압생트예요?"
"압생트를 마시면 잘려나간 다리가 다시 생겨난 기분이거
든."
스스로 귀를 잘라낸 반 고흐도 압생트를 즐겨 마셨다고

했다. 그도 메종 클로제(maison close)에 자신의 왼쪽 귀를 보내고 나서 거울을 보며 이렇게 말했을까. 물론 압생트를 마시면서 말이다. 귀는 다시 생겨날 거야.

우리는 멸치 대가리와 검은 내장을 일일이 제거했다. 김은 내장을 멸치 똥이라고 표현했다. 여기에 칼슘과 비타민B, 필수 아미노산이 잔뜩 들어있다고 정보를 늘어놓았다. 나는 그럼 똥을 먹으라고 두는 게 낫지 않느냐고 물었다. 김은 꼭 미운 놈들만 마른 멸치를 찾는다고 시큰둥하게 대답했다.

어쨌든 드라마 속 한 장면 같았다. 가족 간에 둘러앉아 콩나물이나 멸치를 손질하는 그런 장면. 그때마다 나는 가족이란 무언가의 대가리를 손질하며 도란도란 삶을 나누는 사이구나 생각했다. 나는 엄마와도 아버지와도 그래본 적이 없다.

김은 멸치를 따다 말고 손님이 키핑 해둔 양주를 한 병 들고 왔다. 나와 윤은 김이 하는 짓을 유심히 지켜봤다. 커피를 마셨던 머그잔에 양주를 조금 따르더니 순식간에 들이켰다. 내 얼굴을 향해 후, 하고 숨을 내뱉는 것도 잊지 않았다. 알코올 냄새가 끼쳐왔고 고개를 틀었다. 김은 손질된 멸치 하나를 어금니 쪽에 넣고 질경거리며 씹었다.

"언니, 왜 남의 걸 마시는 거야? 그거 엄연히 도둑질이야."

"윤 사장아, 이건 내 영업 전략이야."

김이 양주병을 제자리에 올려다 놓고 이번에는 그 옆의 것을 가져왔다. 또다시 잔에 따르려다가 윤에게 병을 통째로 빼앗겼다.

"이게 무슨 영업이야!"

하지만 윤은 곧 김에게 병을 도로 빼앗겼다. 두 사람 사이에서 양주병이 왔다 갔다 했다. 샴페인이라도 됐으면 폭죽처럼 터지고 말았을 것이다.

김의 논리는 이랬다. 술집에서는 술이 이윤을 남기는 수단이다. 하지만 양주 한 병을 키핑 해두고 올 때마다 기본안주만 주야장천 탐하는 자들이 있다. 역으로 그들의 술을 탐해 매상에 도움이 되고자 한다.

윤은 반격했다. 그 사람들은 이미 양주 가격을 지불했다. 그러므로 키핑 한 술을 마시러 오는 건 공짜로 먹고 즐기는 것이 아니며 그들의 정당한 권리다. 특히 가게에서는 마트 가격보다 몇 배나 비싸게 술을 판다. 그 안에 서비스 차지가 이미 포함됐기 때문이다. 체이서와 기본안주 제공은 서비스로 당연한 것이다. 이렇든 저렇든 남의 술은 마시지 말고, 마시고 싶다면 새것을 하나 오픈하는 것이 옳다.

두 사람이 동시에 나를 쳐다봤다. 두 개의 선택지 중 하나를 고르라는 뜻이었다. 나는 어깨만 한 번 으쓱해 보이고는 계속 멸치 대가리를 제거했다. 때마침 손님이 들어와 일단락

됐다.

김은 얼른 양주병을 옷 속에 숨겨서 카운터 쪽으로 조르르 달려갔다. 아무 일도 없었다는 듯 선반 위에 진열했다. 은정에게서 전화가 걸려 왔다. 나는 받지 않았다. 대신 김이 메뉴판을 들고 호들갑스럽게 손님 테이블로 걸어가는 모습을 재밌게 지켜봤다.

재떨이가 넘치도록 쌓여 있던 담배꽁초에 불이 옮아 붙었다. 술에 취한 아버지는 담뱃불도 제대로 끄지 못하고 쓰러져 잠들었던 모양이다. 티끌만 했던 불씨는 금세 주먹만 해졌다. 곧이어 활활 성을 내며 타더니 장판에 옮겨 붙었고, 유일한 세간이자 사치스러웠던 자개농을 핥아버렸다.

자개농의 두 번째 칸은 나랑 아버지, 두 사람이 어찌나 열어댔던지 오른쪽 손잡이가 떨어지고 없었다. 강력접착제로 몇 번 붙여놓긴 했는데, 끝내 잃어버렸다. 하도 낡고 닳은 농이라 당장 땔감으로 쓴다 해도 아까울 게 없었다. 하지만 그 자개농은 가구 이상이었다. 엄마의 유품 보관소나 다름없었다.

아버지는 불이 제법 번졌을 때까지도 정신없이 잠에 빠져 있었다. 몇 분 더 그대로 있었다면 죽었을 것이다. 교회 집사님은 별일도 없이 우리 집에 들렀고 우연히 아버지를 구하게 됐다. 그 측을 두고 주님이 행하신 일이라고 말했다. 나는 주님인지 집사님인지 누가 행하였는지 그 장면은 보지 못했다. 어쨌든 누군가의 두 팔이 아버지를 밖으로 질질 끌어냈고 살렸다.

집은 새로 도배를 하고 장판을 갈고 나니 다시 지낼 만해졌다. 하지만 그 불로 자개농과 드레스는 영영 잃었다. 아버지는 엄마를 잃은 충격을 다시 받은 듯했다.

그날 학교에서 돌아오는 길에 소방차 몇 대가 지나가는 것을 보았다. 불이 났구나, 누구 집에 불이 났을까 궁금했다. 싸움 구경과 불구경만큼 재밌는 것도 없다고 했다. 저 멀리 우리 집 앞에 사람들이 몰려 있는 것을 보기 전까지는 그랬다. 정신이 아득했다. 또 누군가 죽어버렸구나 싶었다. 내게 남은 단 한 사람, 그마저도. 혼자 남겨진다는 공포는 감당할 수 없을 만큼 컸다. 가방을 던져두고 사람들 틈을 비집고 들어갔다.

검게 그을린 아버지가 보였다. 엄마가 죽었을 때보다 더 큰 소리로 울었다. 사람들이 구경하고 있는 걸 알았지만 대성통곡을 멈출 수가 없었다. 아버지가 죽은 게 아니라는 걸 확인하자 안도감이 들었다. 나는 평소에 아버지를 죽도록 미워했는데도, 그랬다. 세상에 나를 혼자 버리고 가지 않았다는 것이 무척이나 고마웠다.

아버지는 얼마나 울었는지 쉰 목소리로 겨우겨우 한마디씩 내뱉었다. 실성한 사람처럼 눈에 초점은 없었지만 오랜만에 내 이름을 불렀다. 나는 아버지가 내 이름을 오래전에 까먹은 줄 알았다.

"도희야, 엄마가 타버렸다. 엄마가 다 타버렸어."

나는 아버지를 안아줬다. 아버지와의 포옹은 내 기억으로 그때가 처음이었으나 어색하지는 않았다. 평소에도 서로를 극진히 아끼는 부녀지간처럼.

"아버지, 내가 나중에 꼭 똑같이 만들어줄게. 제발, 울지 마."

그 말을 아버지가 들었을까, 기억하고 있을는지도 잘 모르겠다. 하지만 나는 그날 이후 틈만 나면 엄마의 드레스를 떠올렸다. 까먹지 않으려면 그 수밖에 없었다. 장래 희망란에는 항상 '웨딩드레스 디자이너'라고 적었다.

물랭루주 의상실 안으로 한겨울이 찾아들었다. 여름과 가을은 지낼 만했지만 겨울이 되니 조금 견디기 버거웠다. 윤이 의상실에서 쓰려고 전기 열풍기를 하나 장만했는데 공기만 데우는 정도고 바닥은 냉골이었다.

몇 달 동안 돈을 조금 모았으므로 저렴한 방이라도 알아보려고 했다. 그런데 그새 월세가 치솟아 있었다. 보증금도 부족했다. 보증금 필요 없는 고시원도 덩달아 꽤 많이 올랐다. 겨울에는 고시원에 방 구하는 일도 힘들었다. 고시원 몇 군데 예약을 걸어놓긴 했지만 연락이 오질 않았다. 다들 밖이 추워지니 나갈 생각이 없는 모양이었다.

그러는 동안 여러 번 노트에 써가며 계산을 해봤다. 방세를 내고 기타 비용까지 제하고 나면 한 달에 겨우 10만 원 정도나 저축할 수 있었다. 하루라도 빨리 학교로 돌아가기 위해서는 이곳에서 버티는 수밖에 없었다.

어느 날부턴가 내가 나를 발견하는 꿈을 꾸었다. 인적도 없는 황량한 곳에 여자 하나가 모로 누워 있었다. 그녀가 또 다른 나임을 알아차리는 데는 그다지 시간이 소요되지 않았다. 땅은 얼어 빙판이나 다름없었고 바람은 매서워 두 뺨이 아렸다. 미동도 하지 않는 나를 바라보며 두려움보다는 추위에 압도당해 소리를 질러댔다. 그렇게 잠에서 깨곤 했다.

밤새 열풍기를 틀었지만 얼굴이 시렸다. 의상실 안에는 창문이 하나 있는데 겨울이 그 틈으로 날 만나러 온다는 것을 알았다. 잠이 깬 어느 새벽녘, 대책을 세우기로 했다.

의상이 걸려 있는 행거를 분리해 창문 앞쪽으로 옮겨 설치했다. 행거에 걸린 드레스들이 바람막이 커튼 역할을 해줬다. 전기매트와 전기 이불도 구매했다. 롱패딩도 하나 장만했다. 침낭을 살까도 고민했는데 외출할 때도 입을 수 있다는 점에서 롱패딩을 선택했다. 조금 답답했지만 입고 자니 훈훈했다. 다시는 빙판길에 누워 있는 악몽은 꾸지 않았다.

전기매트는 윤이 의상을 갈아입으러 들어올 시간이 되면 미리 켜뒀다. 윤도 발이 따뜻하다며 좋아했다. 어느덧 십여 벌 넘게 드레스를 리폼했다. 나는 조금 여유로워지기까지 했다. 하지만 그만큼 다른 일을 스스로 늘렸다.

윤은 이제 드레스를 고치는 일뿐만 아니라, 공연의 전반적인 것을 함께 의논했고 내게 맡겼다. 앱을 이용해 공연 음악을 믹싱하기도 했다. 물랭루주와 관련된 유튜브 채널과 SNS 계정도 관리했다. 윤의 헤어와 메이크업을 돕기도 했다.

김의 일도 도왔다. 김은 자기 일을 은근슬쩍 내게 미뤘다. 그래서 불쾌한 날도 있었으나 물랭루주를 위하는 일이라 여기며 함께했다.

물랭루주는 내 집이었다. 나는 이곳에 필요한 사람이 되어 오랫동안 남고 싶었다.

아버지는 오랜 기간 알코올 중독과 부족한 영양 섭취로 툭하면 질병에 노출되는 몸이 되고 말았다. 죽을 고비를 여러 차례 맞닥뜨렸으나 차례대로 살아났다. 그럴 때마다 그는 분노했다. 엉망진창이었으나 그래도 그동안은 삶을 버텨냈다면, 이제는 적극적으로 삶을 증오하고 거부하기 시작했다.

아버지는 점점 주일에도 주(主)님 대신 주(酒)님을 찾았다. 교회에 나가는 것도 들쑥날쑥했다. 하지만 기도하는 것은 잊지 않았다. 그 기도의 내용은 점차 불온해졌고 난폭해 교인들조차 점점 등을 돌렸다.

나는 어느 날까지는 어린 시절의 약속을 잊지 않고 성장했다. 엄마를 공주로 만들어주기 위해 여러 벌의 드레스를 만들 것. 아버지가 사랑한 엄마의 드레스를 똑같이 다시 재현할 것. 그러기 위해서 웨딩드레스 디자이너가 될 것.

나는 늘 혼자였으므로 공부를 꽤 잘했다. 함께할 형제도 없었고 함께 놀 친구도 없었다. 내 사정을 뻔히 아는 동네 사람들은 동정은 했으나 자기 자식들과 내가 어울리게 두진 않았다.

중학교 진학 후, 방과 후가 되면 또래 아이들은 학원에 갔다. 갈 곳이 없던 나는 교회 세미나실로 향했다. 평일에는 빈곳이었으므로 거기서 숙제도 하고 공부도 했다. 자습서는 목사님 아들이 사용했던 것을 물려받았다. 목사님은 가끔 간식도 사다 주셨다. 나는 정말 할 일이 없었으므로 매일 자습서만 읽고 또 읽으며 시간을 보냈다.

나는 전교 상위권을 놓치지 않았다. 칭찬해줄 사람도 특별히 없었다. 그 탓에 비난만 더 받을 뿐이었다. 아버지와 사이가 좋지 않던 교인들은 그 분풀이를 내게 쏟았다. 나를 독한 년이라고 손가락질했다.

교회에 나가지 말까 생각도 했으나 마태복음 5장 44절의 말씀을 따르기로 했다. 그 원수들을 사랑하기로 했다. 나와 함께 사는 원수를 위해 기도하는 것도 잊지 않았다.

진로에 대해 고민해본 적은 없었다. 이미 오래전 운명처럼 정해져버렸으므로. 나는 인문계가 아닌 특성화 고등학교에 진학했다. 그 학교에는 의상 디자인학과가 개설돼 있었다. 정작 옷을 만들 수 있을 정도로 기본기를 익혔을 때, 내 선택을 후회했다. 더는 엄마나 아버지를 위해 드레스를 만들고 싶지 않았다. 해를 거듭할수록 더 그랬다. 그 두 사람은 결단코 예수님이라도 사랑할 수 없는 원수들이었다. 점차 여기까지 나를 끌고 온 그들과의 약속을 증오하기 시작했다.

운 좋게도 교회 목사님의 도움으로 대학에 진학했고, 배운 것이 도둑질이라 같은 과로 진학했을 뿐이다. 그 유치찬란했던 어린 시절의 꿈은 잊었으나, 웨딩드레스 디자인에 대한 흥미는 남아 있었다. 특히 모니크 륄리에의 디자인에 반했고 그 방향으로 꾸준히 공부했다. 하지만 그마저의 열정도 곧 식었다. 드로잉 해둔 웨딩드레스 디자인을 살펴본 지도 교수님의 현실적인 조언이 큰 역할을 했다.

"웨딩드레스 디자이너? 그런 순백의 환상을 가졌단 말이야? 요즘은 다 중국산이야. 돈 있는 사람들은 외국 유명한 디자이너 제품을 입겠지만. 국산은 쳐주질 않는다고. 그렇다면 취직은? 돈벌이는 될까? 적당하고 무난한 기성복을 디자인해보는 게 어떠니. 그게 나중에 포트폴리오 만들기도 좋을 테고."

그냥 무사히 졸업해서 의류회사에 취직하는 것으로, 모든 것을 수정했다. 단 한 번이라도 남들처럼 평범하게 살아보고 싶었다. 하지만 그것도 쉽지 않은 일이었다.

크리스마스 씰만 붙은 우편물처럼 내 인생은 계속해서 반송되기만 했다.

오후 7시가 되자, 윤이 무대 위로 올라갔다. 걸을 때마다 머리에 꽂은 공작새 깃털이 우아하게 흔들거렸다. 윤이 입은 청색 드레스는 그 어떤 것보다도 잘 어울렸다.

원래는 금색 레이스가 덕지덕지 장식된 청색 드레스였다. 먼저 레이스를 다 뜯어냈다. 그 작업에만 일주일이 더 걸렸다. 그 작업을 끝내니 원단은 다시 염색이라도 한 듯 영롱하게 빛났다.

고민 끝에 하늘색과 민트색, 흰색의 타프타 원단을 이용해 프릴을 만들었다. 타프타 원단은 구김이 잘 가는 특징이 있지만, 그 구김이 주는 고급스럽고 빈티지한 느낌이 좋아 자주 사용했다. 원단 특유의 사각거림이 마음에 들었다. 처음에는 프릴을 치마 안쪽으로 세 단 정도만 연결하려 했다. 하다 보니 욕심이 붙어 다섯 단으로 고쳤다.

무대에서 오펜바흐의 '천국과 지옥'이 흘러나왔다. 그 음악에 맞춰 윤이 치맛자락을 흔들었다. 옳은 선택이었다고 생각했다. 조명과 함께 한층 더 화려하게 타프타 원단이 빛을 발했다. 풍성한 프릴이 만개한 꽃송이 같았다.

라이브 방송으로 공연 실황을 중계했다. 무대는 따로 편집을 거치지 않아도 될 정도로 완벽했다. 손님들도 모처럼 관심을 보였다. 윤은 발로 바닥을 몇 번 구르더니 이윽고 오른발을 위로 휙 하고 들어 올렸다. 그 경쾌한 몸짓에 손님들이 환호했다. 김은 걱정하는 눈빛으로 무대를 바라봤지만 이내 빠져들어 찬사를 아끼지 않았다.

다시 한번 발차기를 시도하던 윤의 오른발이 프릴의 어딘가에 걸린 듯했다. 그때였다. 윤은 균형을 잃고 잠시 휘청이더니 그대로 고꾸라졌다. 손님들은 비명을 내질렀다. 윤은 다시 일어나려 했지만 무리였다. 타이츠 안에서 의족이 벗겨진 모양이었다. 그래서 마치 발목이 부러져 동강 난 것처럼 보였다.

나와 김은 누가 먼저라 할 것도 없이 무대 위로 뛰어 올라갔다. 내 욕심이 빚은 참사였다. 그놈의 프릴! 혼이 쏙 빠졌다. 절뚝거리는 윤을 양쪽에서 부축했다. 치맛자락 밖으로까지 삐져나온 의족이 윤의 뒤를 졸졸 따랐다.

심각한 응급상황으로 여겼던 손님들도 차츰 그것의 존재를 이해한 듯 보였다. 윤은 테이블 곁을 지나면서 놀란 손님들에게 이렇게 외쳤다.

"부러진 게 아니라 의족이 벗겨진 것뿐이에요. 무대를 다시 시작할 테니 기다려주세요."

말렸으나 윤은 확고했다. 의상실에서 서둘러 치마 밑단의 프릴을 여러 단 걷어냈다. 미안한 마음에 손이 다 떨렸다. 윤이 내 등에 가만히 손을 올렸다.

"어, 그런데 저거 크리스마스 씰 아닌가?"

윤이 선반 쪽에 시선을 두고 말했다. 나는 깜빡 잊고 있었다. 얼른 김과 윤에게 한 장씩 건넸다.

"이거, 정말 오랜만에 본다. 예전하고 좀 달라진 것 같은데. 우리 때는 말이야, 조금 더 우표 같았어. 재질도 다르고. 도희야, 아직도 이걸 팔아?"

나는 고개를 끄덕였다.

"난 예전에 이게 우표인 줄 알고 편지에 붙였다가, 다 반송당했잖아."

김이 반가워서 하는 말에 나와 윤은 소리 내 웃었다. 멋쩍었는지 김도 따라 웃었다. 집배원들을 그토록 고생시키던 가해자를 여기서도 만나다니.

윤은 다시 무대로 돌아갔고, 완벽한 캉캉을 선보였다. 손님들은 일어나서 손뼉을 쳤고 공연을 함께 즐겼다. 처음 있는 일이었다. 이 모든 것은 라이브 방송으로 실시간 송출됐다.

창밖에는 첫눈이 내리고 있었다.

진짜와 가짜

어느 날부터 은정에게서 전화가 걸려 왔지만 외면했다. 전화벨이 울리는 동안 마음이 불편했다. 앙갚음이라도 작정한 사람처럼 치졸해 보이진 않을지 염려됐다. 나로서는 집에서 내쫓긴 것이 사실이지만 은정은 그렇게 생각지 않을 것이다. 이미 몇 달이나 지난 일이었다.

연락 한 통 주고받지 않다가 갑자기 이러니 수상하기도 했다. 곧 뻔하게 여겨졌다. 내가 어떻게 살고 있나, 절대 순수하지 않은, 호기심의 발로일 것이다. 한편으로는 괜한 피해망상에 빠져 있나 싶기도 했다. 내가 빚어낸 열등감 속에 갇혀서 말이다.

은정을 만나고 싶진 않았다. 아무런 노력 없이도 은정은 나보다 훨씬 더 잘살고 있을 것이다. 과거에도 그래왔고, 현재도, 어쩌면 미래도 그럴 것이 자명했다. 굳이 시간을 내서 박탈감을 다시 느끼고 싶지 않았다.

은정은 화목한 가정에 소속돼 있었고 집안 형편도 풍족했다. 졸업 후 진로는 대학을 입학하기 전부터 이미 결정 나 있었다. 은정의 아버지는 시에서 운영하는 사회복지시설의 관장이었다. 일부러 은정을 사회복지학과에 진학시켰다. 배려와 봉사 정신이라고는 1%도 없는, 그렇다면 소질이 없는 것인데도 그렇게 결정됐다. 하긴 소질 따위가 직업의 선택에 얼마나 영향력을 행사하던가.

말도 안 되는 일을 벌이려 할 때마다 은정은 입버릇처럼 말하곤 했다. 실패를 두려워 말라. 그러면서 주저하는 나를 비난했다. 내가 너무 현실에 안주하려 든다나 뭐라나. 그때마다 자존심이 상했고 화도 났다. 은정이 하찮다는 듯 안주라고 해석해버린 내 현실은, 처절한 도전으로 겨우 얻은 것이었다.

또 그렇지 않은가. 은정에게는 실패해도 이를 발판으로 만들어줄 누군가가 항상 곁에 있었다. 하지만 나는 어떠한가. 실패하는 순간 모든 것을 잃는다. 발판은 고사하고 맨발이 되고 말 것이다.

나는 솔직히 은정이 부러웠다. 은정이 가진 것들, 어떤 일에든 쉽게 도전해볼 수 있는 여건과 우선 저지르고 보는 그 즉흥적인 성격. 넘어져도 훌훌 털어버리고 일어날 수 있는 그 천연덕스러운 마음가짐. 나는 치약 하나를 사더라도 몇 번을 들었다 놨다 고민해야 하는 사람이었다. 기왕이면 참고 견디거나, 기다리거나, 포기해버리는 것에 무척이나 익숙해져 있었다.

또다시 은정에게서 전화가 걸려 왔을 때는 물랭루주 근처 레스토랑에서 이른 저녁을 먹는 중이었다. 김의 생일이었고 윤이 밥을 사기로 했다. 나는 뒤늦게 김의 생일을 알았고 선물을 준비하지 못해 조금 미안했다. 그런 마음을 조심스레 전하려는데 전화벨이 울렸다. 은정이었다. 얼떨결에 통화버튼을 눌렀다.

나는 어색한 감정을 누르려 애써 반가운 척했다. 은정은 무덤덤했고 대뜸 저녁에 만나자고 했다. 겨우 마음을 추슬렀는데 진도가 너무 빠르지 않나 싶었다. 김은 투움바 파스타를 자신의 앞 접시에 옮겨 담으면서도 남의 전화 내용에 귀를 기울였다. 집게 밖으로 면발이 자꾸만 미끄러져 소스가 사방으로 튀는데도 본인만 몰랐다.

아르바이트라는 좋은 핑계를 대며 나는 약속을 미루려 했다. 그런데 김이 큰 소리로, 하루쯤 놀아, 좀 놀기도 해, 하며 멋대로 허락해버렸다. 윤도 고개를 끄덕였다. 어쩔 수 없이 은정과 약속 시간을 정하고 전화를 끊었다.

"난 네가 친구 하나 없는 왕따인 줄 알았는데."

김이 얄미웠다. 하지만 생일이니까 기분 좋게 넘어가기로 했다.

"걱정하지 말고 친구랑 편히 시간 보내."

윤이 말했다. 두 사람 중 누구라도 나에게 과도한 일거리를 안겨주길 바랐으나 뜻대로 되지 않았다.

근처 제과점에 가서 생크림 케이크를 사 왔고 초를 켰다. 김은 고맙다는 말 대신 자신은 치즈케이크를 좋아한다며 내년에는 그걸로 준비하라고 일러줬다. 몇 달 전만 해도 나를 내쫓을 것이라고 큰소리를 치던 양반이 이제는 내년을 기약했다.

윤은 김에게 립스틱을 선물했다. 김은 초를 불기 전에 경건하게 립스틱을 발랐다. 두 손을 모으고 눈까지 감았다. 꽤 진지하게 소원을 비는 모양이었다. 평소에 자신은 무신론자며 세상에 믿을 것은 돈뿐이라 외치던 김이었다. 신은 믿지 않으나 매년 수가 증가하는 초는 믿기라도 하는 모양이었다.

방금 한 살을 더 잡수셨음에도 김은 똑같았다. 쉴 새 없이 나의 저녁 약속에 대해 캐묻고 또 캐물었다. 내가 대답을 회피하자, 갑자기 립스틱을 들이댔다. 말려보려고 했지만 소용

없었다. 주변에 민폐가 될까 싶어서 그냥 하고 싶은 대로 하게 내버려뒀다. 그랬더니 화장품 파우치까지 꺼내 들었다.

"싫다는데 왜 이래요!"

목소리는 낮췄으나 김에게 강력히 의사 전달을 하려 노력했다. 허사였다. 김은 퍼프로 내 얼굴을 두드리기 시작했다. 윤도 말릴 생각 없이 흐뭇한 표정을 하고 바라만 봤다.

"가만히 좀 있어 봐. 너 내가 준 아이크림 바르는 거 맞나?"

"발랐으니까 이 정도예요."

"남자 만나는 거야?"

"아뇨. 여자요. 그러니까 이런 거 그만둬요."

여자라는 말에 김은 더욱 꾹꾹 눌러 내 얼굴에 분칠을 감행했다.

"그럼 더 꾸미고 가야지."

그 논리가 대체 이해되질 않았다. 하긴 김은 원래 이해하기 힘든 사람이 아니던가. 김은 화장만으로는 성에 안 찬 모양이었다. 이번에는 가방을 뒤집어 안에 있는 것들을 테이블 위에 죄다 쏟아부었다. 그러고는 빈 가방을 내밀었다. 무슨 영문인가 싶어 쳐다보고만 있자, 김이 내 에코백을 가로채 갔다. 그 속에 있던 내 소지품을 자기 가방으로 옮겨 담았다.

"모양 빠지니까, 이거 들고 나가."

"스포츠 패딩에 샤넬이 어울린다고 생각해요?"

"그럼 당연하지. 샤넬은 그 어디다 들어도 진리야."

한마디만 더 했다가는 윤의 무대의상 중 하나를 골라서 입힐 것 같았다. 나는 그냥 김이 시키는 대로 했다.

은정의 원룸 근처에 있는 일본식 선술집에서 만났다. 간단한 식사도 함께 팔았는데 은정은 저녁을 먹지 않았다며 그곳에서 만나자고 했다. 나는 삼십 분 넘게 버스를 타고 십 분 정도를 걸어 약속 장소에 도착했다. 은정은 이미 가츠나베와 연어 덮밥을 시켜 먹고 있었다. 내가 오자, 안주로 구운 어묵과 모둠 생선회를 추가했다. 나는 메뉴판도 보질 못했다.

며칠 굶은 사람처럼 은정은 먹는 데만 집중했다. 차라리 그편이 더 나았다. 몇 달 만에 만나니 어색했다.

"내가 요즘 통 먹질 못했거든. 혼자 있다 보니까."

은정이 말했다. 은정은 혼자가 무척 어색한 사람이었다. 집에 있을 때도, 밥을 먹을 때도, 잠을 잘 때도 누군가가 필요했다. 항상 누군가가 옆에 있어줬기 때문일 것이다.

"왜? 진수 어디 갔니?"

은정은 대답하지 않고 계속 먹기만 했다. 입안에 음식을 가득 넣고 내게 물었다.

"넌 혼자 지내는 거 괜찮아?"

나는 혼자인 것에 무감각했다. 외로움만큼은 면역이 길러져 있었다. 하지만 왜 내가 혼자일 것이라고 멋대로 짐작하는 것일까. 거짓말이라도 하고 싶었다. 세상에 나만 혼자인 것 같아 싫었다.

술을 몇 잔 연거푸 들이켰다. 그냥 그래야 할 것 같은 분위기였다. 은정은 내 잔이 비면 곧장 잔을 채웠다. 그리고 건배를 하자고 공중으로 잔을 들었다. 잔을 부딪칠 때마다 은정은, 위하여! 하고 외쳤다. 무엇을 위하는 것인지도 모른 채나는 술만 마셨다.

술을 처음 입에 댄 건 은정과 함께 살기 시작할 때부터였다. 그전이라도 마음만 먹었다면 언제든지 마실 수 있었을 것이다. 왜냐하면 나는 술과 매우 친한 사람과 함께 살았으니까. 음주는 그 자체로 진저리가 났고 마시고 싶다는 생각조차 경멸했다.

어쩌다 가끔 은정과 술을 마셨다. 마시면 마실수록 놀라운 사실을 깨달았다. 나는 술이 센 편이었다. 은정은 항상 나보다 먼저 취했다.

"헤어졌어."

영원히 붙어 다닐 것처럼 나를 모질게 밖으로 밀어내더니. 겨우 몇 달 더 사랑하고자 그랬더란 말인가. 아무 말 없이 은정의 술잔에 술이나 채웠다. 위로해주고 싶은 마음은 딱히 생기질 않았다.

은정이 말했다.

"그 새끼는 쓰레기야. 우리는 쓰레기랑 사귀었어."

우리? 생선회에 고추냉이를 얹다가 깜짝 놀라 쳐다봤다. 은정의 속눈썹이 파르르 떨리고 있었다. 왜 갑자기 '우리'라는 인칭대명사를 쓰는 것인지 참으로 어이가 없었다. 가만히 있는 나를 왜 끌어들이는지 알다가도 모를 일이었다.

나는 그 쓰레기를 아주 오래전에 종량제 봉투에 넣어 처리했다. 은정에게는 자신 몫의 쓰레기가 남은 것이다. 그걸 절반 쪼개 내게 밀어내서는 안 된다. 고추냉이를 너무 많이 올렸는지 콧속이 얼얼했다. 은정이 분하다는 듯 말을 이어 갔다.

"아빠가 주말마다 나를 부르는 거야. 보는 눈이 많다고 얼굴만 좀 비추고 가라고. 짜증 나지만 봉사 시간 채우려면 어쩔 수 없잖아. 이건 정말인지 내 적성에 안 맞아. 결국 남 돕다가 내 코만 석 자 되고."

진수는 은정이 본가에 내려간 날, 여자를 데리고 그 5층짜리 원룸을 등반했다. 그 여자는 진수와 그날 처음 만난 사이일 수도 있고, 같은 과 후배일 수도 있으며, 혹은 선배, 아니면 친구의 여자 친구일 수도 있다. 진수는 원래부터 여자를 밝혔고, 은정은 그 여자의 정체를 끝내 밝히지 못했다.

은정은 흥분과 침통 사이를 오갔고 침까지 튀어가며 그날을 회상했다. 현장을 잡힌 진수는 은정에게 도리어 큰소리쳤다. 이도 모자라 본인이 먼저 헤어지자고 말했다. 이처럼 몰염치하게 나올 거라 예상 못 한 은정은 몹시 당황했다. 봉사도 자신 없지만 갑작스러운 이별은 더 감당할 자신이 없었다. 은정은 이번 한 번만 진수를 용서하려 했다. 하지만 진수가 이를 거절했다.

술 대신 얼음물을 시켜 은정의 앞에 놓았다. 은정이 조금 더 취했다가는 내가 곤란할 것 같았다.

"뭐, 이런 게 처음도 아닌 놈이니까. 항상 그래왔잖아. 안 그래?"

나는 가만히 고개만 끄덕였다. 갑자기 은정이 한쪽 입꼬리를 추어올리고 코웃음을 쳤다. 기괴한 예감이 스쳤지만 기분 탓으로 돌렸다.

"안 걸렸을 뿐이지. 나랑 사귀는 동안 딴짓한 게 그 여자만은 아닐 거란 말이야."

나는 또 고개만 끄덕였다. 사실 별로 듣고 싶지도 않았다.

"너랑도 잤고 말이야."

당황스러워 취한 척이라도 하고 싶은 심정이었다. 하지만 그나마 있던 취기도 확 달아나버렸다. 아무 말도 못 했다. 사실은 사실이었으니까. 무슨 말이든 해보려다, 이내 관뒀다. 치욕스러운 그날의 사건을 들춰내기도, 그 후로 겪었던 불안한 감정도 다시 재생시키고 싶지 않았다. 입이 쩍 달라붙어 버린 듯했다.

누구보다 은정이 원망스러웠다. 도리어 따져 묻고 싶은 심정이었다. 왜 진수한테 비밀번호를 알려줬니. 거긴 우리가 함께 사는 곳이었잖아. 너와 진수가 사는 집에 내가 얹혀 지낸 게 아니었잖아. 하지만 인제 와서 그런들 무슨 소용일까.

은정은 자비의 여신이라도 강림한 듯 나를 지그시 바라보며 말했다.

"네가 나만 없으면 그렇게 진수한테 치근덕거렸다며. 진수가 다 말해줬어. 괜찮아. 다 지난 일이니까. 나한테 복수하고 싶었겠지. 얼마나 짜릿했겠어. 다 용서할게. 내가 다 용서해줄게, 도희야."

나는 순간 전기에 감전이라도 된 것처럼 몸이 떨리는 것을 느꼈다. 은정의 입술이 용서라는 단어를 뱉어내자, 그 얼굴을 한 대 갈겨주고 싶었다. 은정은 절대 나를 용서할 수가 없다. 나는 은정에게 잘못한 것이 없으니까.

"진수가……. 강제로, 강제로, 그런 거야."

어렵사리 뱉어낸 나의 고백 앞에 은정은 배를 부여잡고 웃기 시작했다.

"성폭행이라도 당했다고 말하고 싶은 거야? ……미친."

조금 더 함께 있다가는 은정의 머리채라도 잡을 것 같았다. 그런 욕구가 저 깊은 곳에서부터 차오르는 것을 느꼈다. 한시라도 빨리 자리를 뜨는 것이 나을 듯했다.

의자를 박차고 일어나 테이블을 막 벗어나려는데 은정이 날 불러 세웠다.

"야, 임도희. 빽 가져가셔야지."

의자 위에 앉아 딴청을 피우고 있는 샤넬 백이 보였다. 네가 친구에게 무슨 짓을 했는지 나는 다 안다, 이야기를 모두 다 엿듣고 말았네. 샤넬 백이 그렇게 말하며 다소곳이 앉아 계셨다. 그것은 꼭 김처럼 느껴졌다. 나는 잠시 샤넬 백을 노려봤다. 싫다는데도 굳이 가져가라고 해서는. 낚아채듯 가방을 들어 올리며 은정에게 말했다.

"먼저 가볼게. 일하는 곳에 가봐야 할 것 같아."

은정은 한 손으로 턱을 괸 채 나를 올려다보며 말했다.

"그런데 너, 그 가방 말이야. 어디서 났어? 짝퉁이지?"

나는 은정을 혼자 둔 채 돌아섰다. 내 뒤통수에 대고 은정이 소리쳤다.

"이상한 짓 하고 다니지 말고 다시 집으로 들어와. 같이 사는 거 나쁘지 않았잖아."

다음 날, 나는 김에게 가방을 돌려줬다. 눈썹을 한올 한올 정성스럽게 말아 올리고 있던 김에게, 은정이 말하던 투로 물었다.

"친구가 이거 짝퉁이냐고 물어보던데요."

김은 자신의 가방을 이리저리 돌려가며 살폈다. 이거 미러급인데, 하고 중얼거렸다. 결과적으로 가방은 짝퉁이었던 것이다. 기가 막혀 말이 안 나왔다. 김은 친구에게 뭐라고 대답했냐며 도리어 나를 추궁했다.

"무슨 말을 해요. 무시했죠."

"그것도 괜찮은 방법이긴 한데, 우기는 것도 큰 도움이 돼."

우기면 가짜도 진짜가 되고 거짓도 진실이 되는 세상이라고 김은 말했다.

"한 번은 말이다…… 식은땀이 날 정도로 식겁한 일이 있었는데……."

어느 날이었다. 김은 지인들과의 모임에 이 문제의 샤넬 백을 메고 나갔다. 그런데 하필 그날, 그들 중 한 사람이 같은 모델을 들고 나왔다. 김은 상대의 것을 보고 단번에 알아차렸다고 했다. 천연 램 스킨이 주는 고급스러움, 정교한 자태를 뽐내는 체인과 바늘땀. 디자인은 분명 같았지만 자신의 것과는 월등한 차이를 보이는 그것! 그것은 진짜 샤넬이었다.

그 아우라에 김이 실색하고 있는 동안 나머지 지인들은

두 개의 가방을 번갈아 살펴보기 시작했다. 서로 닮아 있었으나 두 개의 가방은 묘하게 다르긴 달랐다.

"그래서 창피 샀어요?"

"아니, 어차피 거기에 샤넬 수석 디자이너가 동행한 것도 아니고, 진품명품 TV쇼도 아닌데 누가 그걸 가려낼 수 있겠어? 내가 먼저 선수 쳤어. 너, 그거 가짜구나! 어차피 둘 중 한 사람은 가짜여야만 했으니까."

물론 김의 지인은 노발대발했다. 이게 무슨 소리냐며, 이건 얼마 전 남편이 홍콩 학회에 다녀오면서 하버시티에서 사 온 거라고, 흰자를 번뜩거렸다.

김은 하버시티가 어디에 붙어 있는지 그곳에 샤넬 매장이 있는지 없는지 따위는 몰랐다. 하지만 진품의 특성과 가격 정보 같은 건 줄줄이 꿰고 있었다. 오히려 이런 게 김에게 매우 유리하게 작용했다. 그들은 항상 진품만을 사므로 짝퉁에 대해서도 진품에 대해서도 알 필요가 없었다. 그저 디자인과 취향만 따지면 되는 이들이었다.

"기술이 워낙 좋다 보니까 개런티 카드며 영수증까지 위조해. 그런데 샤넬이 막 그즈음부터 가방 안에 마이크로 금속 칩을 심기 시작했어. 내가 가방을 열고 어디쯤을 만지면서 이렇게 금속 칩이 내장돼 있어야만 정품이라고 말했거든. 물론 내 가방에 금속 칩 따위가 있을 리 없지만. 또 홍콩에

짝퉁 공장이 꽤 있다는 정보도 넌지시 흘렸지."

"매장에 가서 확인해보면 바로 알게 되잖아요?"

"음…… 근데 생소한 금속 칩 얘기를 꺼내는 순간, 가방 주인은 자신의 남편이 홍콩에서 짝퉁을 사다 준 거라 지레 믿어버리는 것 같더라고. 다른 사람들도 그런 고상해 보이는 정보에 동조했고. 그래, 확인하려면 매장 가보면 알겠지. 그러면 참 쉽게 진실을 알 수 있을 텐데. 하지만 어떻게 가겠어? 이미 가짜라고 본인이 믿어버렸는데. 가서 창피당하고 싶어서?"

24만 원짜리 거짓이, 840만 원짜리 진실을 우롱하는 순간이었다.

"사람들은 의심하기 시작하면 아무리 진짜를 보여줘도 가짜로 보고. 믿기 시작하면 가짜도 진짜로 보거든. 우기는 거야, 그냥."

"그러면 백화점에서 몇 시간 대기해서 겨우 샀다던 그 가방도 가짜예요?"

김의 눈동자가 흔들렸다.

"이건 정말 큰마음 먹고 하나 샀어. 평생 우기기만 하며 살 순 없으니까. 진짜야. 못 믿겠어?"

나는 김이 또 우기는 것인지 아닌지 헷갈렸다. 갑자기 김이 비명을 내질렀다. 쥐나 바퀴벌레 같은 게 나오기라도 한

줄 알았다. 입을 한 손으로 틀어막더니 내게 눈짓으로 뭔가를 가리켰다.

거기엔 남자 하나가 서 있었다. 우리는 짝퉁 이야기에 심취해 가게 안에 그가 들어온 것도 미처 눈치채지 못했다. 그는 누군가를 찾기라도 하는지 두리번거리며 가게 안을 훑어봤다. 남자는 삼십 대 중반쯤으로 보였다. 미남은 아니었지만 헌칠한 키에 반듯한 이목구비가 눈에 띄었다. 청바지에는 흙장난이라도 하고 온 것처럼 마른 흙이 묻어 있었다.

"어서 오세요. 편하신 곳에 앉으시면 돼요."

내가 그를 향해 다소곳하게 말하자, 김은 내 옷자락을 잡아끌었다. 나는 그게 조금 귀찮게 여겨져 팔을 흔들어 김의 손을 떼어냈다.

"사장님은 아직 안 나오셨나요?"

남자가 말을 마치기 무섭게 가게 안으로 윤이 들어왔다. 윤은 남자를 보자마자 얼굴에 화색이 돌았다.

"아, 미안해. 내가 좀 늦었지. 많이 기다렸어?"

윤은 우리를 의식했는지 남자에게 근처 커피숍으로 나가자며 팔을 잡아끌었다. 윤은 금방 돌아오겠다는 말을 남기고 남자와 함께 밖으로 사라졌다.

그제야 김이 숨을 몰아 내쉬며 말했다.

"도, 도, 도…… 담. 도담이잖아."

무슨 소리를 하는 건지 알아들을 수 없었다. 그러다 버스를 타고 지나다 봤던 그 간판이 떠올랐다. 도담 도예방! 그는 내가 그토록 궁금해하던 인물이었다. 자신의 부인까지 살해한 살인광! 순간 그와 함께 밖으로 나간 윤이 걱정됐다.

"확실해요? 저 사람이 그 사람 맞아요?"

"맞다니까."

"또 우기는 건 아니죠?"

또 한 번의 실종사건이 발생하기라도 할까 봐 나는 윤이 돌아올 때까지 창가에 앉아 밖만 내다봤다. 한 시간이나 지났을까. 저 멀리서 윤이 물랭루주를 향해 걸어오는 게 보였다. 죽었던 윤이 살아 돌아오기라도 한 듯 기뻤다.

보통 오전 11시쯤이나 돼야 일어났다. 새벽녘에 잠드는 것도 이유겠지만 괜히 일찍 일어나면 하루가 그만큼 길어져 피곤했다. 늦잠을 자면 한 끼쯤은 건너뛸 수도 있어 식비도 절약됐다. 하지만 바람이 많이 부는 날은 더 빨리 깼다. 의상실 바닥까지 풍차의 소음과 미세한 진동이 고스란히 전해졌다.

물랭루주 화장실에서 세수와 양치질을 했고 어떤 날은 머리도 감았다. 따뜻한 물이 나오니 망정인지 안 그랬으면 겨울이라 씻기도 쉽지 않았을 것이다. 화장실 안은 정말이지

추웠다. 가게 안도 히터를 가동하기 전까지는 실외와 별반 차이가 없었다.

하루는 출입문이 흔들리는 소리에 깼다. 시계를 보니 오전 10시가 조금 안 되었다. 말소리도 들리는 것 같았다. 물랭루주의 일과표대로라면 매우 이른 시각으로 누가 올 리 없었다. 갑작스러웠다. 이부자리를 대충 정리해 행거 뒤로 숨겼다. 재봉틀 옆에는 드레스 하나를 걸쳐 뒀다. 혹시 윤이나 김이 들어온다면 할 일이 있어 조금 일찍 나왔노라고 거짓말할 생각이었다.

밖은 이내 잠잠해졌지만, 인기척이 느껴져 출입문을 확인했다. 바로 앞 계단에 내 또래 정도의 남녀가 앉아 있었다. 여자가 기척을 느꼈는지 돌아보곤 자리에서 벌떡 일어났다. 그런 몸짓에서 사람이 있어 다행이다, 하는 반가움이 묻어났다. 나는 출입문 위에 달린 잠금장치를 열었다. 여자는 멋대로 안으로 들어오더니 다짜고짜 물었다.

"몇 시부터 영업해요? 혹시 옥상에서 인증 사진 한 번만 찍을 수 있을까요?"

여자의 말투가 다급하고 간절하기까지 했다. 옥상 열쇠는 내게 없었다. 뒤져보면 가게 어딘가에서 찾을 수 있을 테지만 혼자 있을 때 카운터나 서랍을 뒤지고 싶진 않았다. 주방 냉장고도 열지 않았다. 몰래 지내기는 했지만 나름의 규칙을 세워 지켜왔다.

여자는 조금 실망한 눈치였다. 남자는 다른 곳을 한 군데 더 돌 수 있었는데 시간만 허비했다고 여자에게 투덜댔다.

"거봐, 아직 영업시간 아닐 거라고 했잖아."

"유튜브에서 봤는데 그 캉캉 공연이 정말 감동이었단 말이야."

여자가 본 영상은 윤이 무대에서 넘어지는 사고를 당했던 날, 그날의 것 같았다. 유튜브에서 마현시의 여행지 영상을 검색하다 우연히 보게 됐다고 했다.

"댓글에 파리의 물랭루주처럼 빨간 풍차도 있다 해서 인증 사진도 꼭 찍고 싶었는데……."

나는 여자를 달래듯 말했다.

"아, 그럼 저녁에 다시 오세요. 일곱 시와 아홉 시에 공연도 하거든요."

남자가 곤란하다는 표정을 지었다.

"저희가 좀 멀리에서 여행 왔거든요. 기차 시간이 얼마 남지 않아서……."

나는 두 사람을 영락슈퍼 앞으로 데려갔다. 2층의 물랭루주와 풍차가 모두 담길 수 있도록 적당한 자리에 그들을 세우고 사진을 찍어줬다. 여자는 사진이 무척 마음에 들었는지 SNS에 당장 올렸다.

#물랭루주 #빨간풍차 #파리인듯 #커플여행 #마현시명물 #캉캉공연 #사진맛집 #혜정동핫플 #저녁공연못봐아쉽 #여행지추천 #선팔하면맞팔 #커플휴가

그 후로도 계속 SNS에는 #물랭루주 태그와 함께 빨간 풍차, 공연 사진들이 올라오곤 했다.

얼마 지나지 않아 거짓말처럼 젊은 여행객들이 하나둘 찾아오기 시작했다. 그들은 대부분 윤이 추는 캉캉을 보기 위해 왔으며, 도심 속에 뜬금없이 솟아 있는 풍차를 신기해했다. 또 테이블에 자리 잡고 앉아서 구경하는 것보다 맥주를 한 병씩 들고 서서 흥겹게 공연을 즐기다 갔다. 그렇다고 가게가 금방울만큼의 호황을 누리는 것은 아니었다. 여행객들은 9시 공연을 전후로 대부분 사라졌고 그 이후에는 또다시 단골손님만 테이블을 채웠다. 하지만 몇 달 전보다 눈에 띄게 관객과 손님이 늘어난 것은 확실했다.

그토록 물랭루주를 증오하던 영락슈퍼 아줌마까지도 가게에 발을 들이게 됐으니 말해 무엇하랴.

영락슈퍼 아줌마는 김치 한 통을 들고 물랭루주를 찾아왔다. 그동안 단 한 번도 올라와 본 적이 없던 한 층 위의 세상을 한참 두리번거렸다. 윤이 소파로 안내했다. 투명한 김치

통 위에는 파란 손잡이가 달려 있었다. 한동안 영락슈퍼 아줌마는 그 손잡이만 만지작거릴 뿐이었다.

김은 영락슈퍼 아줌마에게 오래된 앙금이 있었다. 그 집 물건이라면 껌 한 통도 팔아주지 말라며 우리에게 불매운동 동참을 강요하기도 했다. 윤은 그때마다 풍차의 소음 때문이라며 김을 타일렀고, 가게에 필요한 물건은 좀 비싸더라도 아래층 슈퍼에서 구매하라고 했다.

김은 소리를 빽 내지르면서 그런 단순한 문제가 아니라고 민감하게 반응했다. 풍차가 없던 금방울일 때도 영락슈퍼 아줌마는 지금과 같았다는 것이다. 풍차는 그저 좋은 핑곗거리일 뿐이라고 맞섰다. 당장 곤란한 것은 나뿐이었다. 필요한 것이 있을 때마다 누구의 의견을 따라야 할지 몰라 갈팡질팡했다.

아무튼 자칭 풍차 노이로제 환자인 영락슈퍼 아줌마는 윤의 앞에 김치 통을 슬며시 밀며 방문한 목적을 꺼내놓았다.

"혹시나 해서 말이야, 옥상 문을 좀 개방해주면 안 될까?"

"우리 풍차에 무슨 짓을 하려고!"

김이 으르렁거리며 소리쳤다.

물랭루주가 마현시 명소로 급부상 중이라는 것을 영락슈퍼 아줌마는 알았다. 옥상에 간이 테이블과 의자를 올려 낮 동안만 컵라면 같은 것을 팔아보겠다고 했다. 영락슈퍼 아줌마는 어울리지 않게 다 죽어가는 목소리로 말했다.

"요즘 누가 동네 슈퍼에서 뭘 사기나 해? 마트다 편의점이 다 손님 다 뺏어가는 통에 정말 월세 내기도 빠듯하거든."

그 말을 그냥 넘길 김이 아니었다. 이날만을 기다렸다는 듯 영락슈퍼 아줌마를 몰아세웠다.

"그렇게 풍차 욕을 해대시더니 이제 풍차 덕을 보시겠다고요? 아줌마! 그게 말이 된다고 생각해요? 그리고 우리 옥상 공짜로 쓰는 거 아니에요. 저 풍차는 또 얼마짜린지 아시기나 해요? 그런데 아줌마가 왜? 안 그러니, 윤 사장?"

김은 십 년 묵은 체증이 내려간 듯 개운한 표정이었고, 영락슈퍼 아줌마는 똥 마려운 사람처럼 안절부절못했다.

"난 그냥 해본 말이었어. 가볼게요. 김치는 오늘 담근 거니까 냉장고에 넣지 말고."

자리에서 엉거주춤 일어나는 영락슈퍼 아줌마를 붙잡은 것은 윤이었다.

"많이 죄송했어요, 그동안. 옥상 열쇠 드릴 테니까 하나 복사해 두시고 이제부터 편하게 사용하세요. 정말 괜찮은 아이디어 같아서요."

윤의 호의에 영락슈퍼 아줌마는 입이 귀에 걸렸으나, 자꾸만 김의 눈치를 보았다. 그래서인지 경련이라도 난 듯 입가가 실룩거렸다.

"내가 옥상도 매일 청소하고 여기 계단 청소도 해줄게. 한 건물에서 지내는데 우리 잘 지내자고요. 내가 잘할게."

한동안 김은 투덜거렸지만, 옥상을 개방한 것은 정말 신의 한 수였다. 물랭루주의 손님 수도 가파르게 늘었다. 대신 나는 늦잠 자는 게 좀 힘들어지긴 했다.

관객이 늘자, 윤은 한층 더 격렬하게 춤을 췄으며 공연 시간도 길어졌다. 무대 공연이 끝나서도 관객들이 앙코르를 외치면 이어서 몇 곡을 더 추기도 했다. 윤은 물랭루주를 찾은 이들에게 감사한 마음을 전하는 거라 했지만 나와 김은 그때마다 윤의 다리를 걱정해야만 했다.

영락슈퍼 아줌마는 본래 9시가 넘어야 닫던 슈퍼 문을 더 일찍 닫고 풍차에 조명이 들어오기 무섭게 물랭루주를 찾았다. 알람이라도 맞춰둔 사람처럼 지각하는 법도 없었다. 매번 출입문 쪽에 기대어 윤의 공연을 감상했다. 거의 우러러보다시피 했다.

한번은 관람 중인 관객들의 표정을 영상으로 스케치했다. 우연히 영락슈퍼 아줌마도 앵글에 잡혔는데 손등으로 눈 주위를 꾹꾹 찍어내며 울지 않은 척 서 있었다. 이번에는 김을 찾았다. 김은 주방 앞에 서 있었다. 영락슈퍼 아줌마를 쳐다보고 있는 김의 콧구멍이 심상치 않았다. 마치 성난 황소처럼 벌름거렸다. 나는 하마터면 큰 소리로 웃을 뻔했다.

그러던 어느 날이었다. 공연을 마친 윤은 평소보다 더 힘들어 보였다. 나는 의상을 벗는 것을 옆에서 도왔고 머리에 붙은 장신구들도 일일이 떼어냈다. 윤에게 클렌징크림을 건넸는데 뚜껑을 여는 것조차 힘겨워했다. 나는 크림을 도로 가져와 뚜껑을 대신 열었다. 윤은 크림을 받는 대신 내 손을 잡고 말했다.

"도희야, 미안한데 심부름 하나만 해줄 수 있을까?"

버스를 기다리는 내내 등골이 오싹했다. 손님들이 들려줬던 온갖 얘기들이 꼬리에 꼬리를 물며 떠올랐다. 발밑에는 금색 보자기에 싸인 물건이 놓여 있었다.

김도 내가 심부름 가는 목적지를 들었다. 김은 그 미친놈한테 왜 애를 보내느냐고 따지듯이 물었고, 윤은 그녀답지 않게 몹시 화를 냈다. 손님들 때문에 더 큰 실랑이는 벌어지지 않았지만, 윤의 얼굴 위로 떠오른 그런 무서운 표정은 처음 보았다. 윤과 그는 대체 무슨 사이일까.

버스 한 대가 정류장에 섰다. 버스 번호를 확인하고는 곧 안도했다. 내가 기다리는 버스가 아니었다. 지금이라도 물랭루주로 돌아가서 도저히 못 가겠다고 말할까 싶었다.

그곳까지는 물랭루주에서 겨우 세 정거장밖에 되지 않았다. 걸어가도 힘에 벅찰 만큼 먼 거리는 아니었다. 하지만 두 정거장쯤 지나면 시내를 벗어나 용두마을 도로로 진입하는데 그곳부터는 가로등도 없는 외진 길이 이어졌다. 인도가 없어 도로 갓길을 따라 걸어야만 했다.

용두마을 청년회장은 김의 단골 가운데 하나였다. 그가 들려준 수상한 얘기들이 귓속을 윙윙 맴돌았다. 그는 같은 동네 주민으로, 누구보다 그를 잘 알고 있다고 자신하는 것 같았다.

청년회장은 시내에서 만둣가게를 운영하는데 손만두를 직접 빚어 팔았다. 당일 재료는 당일 소진. 그 철학 때문에 만두가 좀 많이 남은 날에는 남은 걸 소진하기 위해 물랭루주를 찾았다. 그는 솥뚜껑 같은 손을 가졌지만 만두는 예쁘게 잘도 빚었다. 맛도 좋았다. 나는 만두를 좋아했으므로 그가 오는 게 반가웠다.

며칠 전에도 그가 가게에 왔다. 자정이 가까워져 오는 시간이었다. 우리는 테이블에 모여앉아 그가 싸 온 만두를 먹었다. 갑자기 왜 그 얘기가 슬그머니 나왔는지 모르겠다. 그날 만두를 반으로 갈라 숟가락으로 속만 파먹던 김의 모습이 또렷이 기억났다.

청년회장과 김 사이에 술잔이 오갔다. 도담 도예방의 주인, 장에 관한 이야기도 서로 주거니 받거니 했다. 김도 그동안 몇몇 손님들에게 수집한 내용을 그에게 들려줬다. 청년회장은 덕분에 새로운 정보를 늘려갔다. 그는 비밀을 말하듯이 속삭였다. 뉴스에 보도되진 않으나, 계속해서 여자들이 실종되고 있다는 것이다. 그가 추리한 실종의 배후에는 어김없이 장이 있었다.

장은 못생긴 여자는 바로 죽이며, 예쁜 여자는 좀 더 만나다 질리면 죽인다고 했다. 나는 그 부분에서 괜히 찔려 울컥했다. 살인의 기준과 동기가 너무 추상적이고 애매하지 않은가. 어쨌든 이 모든 사건은 장의 여성 편력 때문에 빚어지는 것이라고 했다.

"그놈이 결혼한 여자, 난 몇 번 봤거든. 정말 연예인 뺨칠 정도로 아니, 한 대 더 쳐도 될 만큼 예뻤어. 그러니까 그 여자랑은 결혼까지 한 모양이야."

"그런데 왜 뉴스에서 더는 실종 내용을 보도하지 않아요?"

"경찰이 자신들의 무능을 시민들에게 알리고 싶겠어?"

어느새 내 앞에 11번 버스가 서 있었다. 그곳으로 가는 버스였다. 나는 참 오랜만에 두 손을 모으고 기도했다.

매선 바람이 두 볼을 할퀴듯 연신 스쳐 갔다.

주변은 어둡고 고요했다. 개 짖는 소리가 어디쯤에서 들려왔지만 이내 잠잠해졌다. 용두마을의 버스정류장은 도롯가에 세워둔 표지판이 전부였다. 마을 안길로 가로등 불빛이 듬성듬성 보였고 더 안쪽으로 가정집도 몇 채 모습을 드러냈다.

이 적막한 어둠 속에 가장 밝게 빛나는 것은 아이러니하게도 도담 도예방이었다. 단층으로 된 조립식 건물에 나무 간판이 걸려 있었다. 이전에 버스를 타고 지나칠 때와 달리 밤에는 간판이 잘 보이질 않았다. 하지만 전면 유리창에 궁서체로 '도담'이라고 붙어 있었으므로 내부 불빛으로 그것을 확인할 수 있었다. 보자기 매듭 부위를 다시 꼭 여며 쥐고 도담 도예방이 있는 맞은편으로 걸음을 옮겼다.

마을 입구에 들어서자, 마을 표지석이 눈에 들어왔다. 그 근방부터 도담 도예방의 앞마당이 펼쳐졌다. 이렇다 할 경계를 나타낼 울타리나 사립문 같은 건 없었다. 마을 안길과 달리 그곳에는 자갈이 깔려 있을 뿐이었다.

걸음을 옮길 때마다 짜그락거리는 소리가 내 뒤를 따라붙었다. 마당 한쪽에는 작은 언덕처럼 보이는 무언가가 방수포에 덮여 있었다. 그 옆으로는 간이 농막 같은 것도 보였다. 출입문 쪽에는 나무로 된 데크가 설치돼 있었고 에어캡으로 포장한 물건들이 놓여 있었다.

쓸데없는 생각을 최대한 하지 않으려 애를 썼지만 보이는 것마다 의심을 불러일으켰다. 저 방수포 안에 든 건 뭐지?

혹시 실종된 여자들의 시신은 아닐까. 저 작은 농막은 살인에 쓰이는 도구를 보관하고 그 흔적을 지우는 곳일지도 몰라. 에어캡에 쌓인 것은 크기나 모양이 사람 머리통과 흡사했다. 분명 앞으로 걸어가고 있는데 마당의 넓이가 계속 보태지는 것 같았다. 밤새 벗어나지 못한 채 이 자갈밭에 발이 묶이는 상상을 했다.

실내 쪽에 불은 켜져 있었으나 아무도 보이지 않았고 출입문은 잠겨 있었다. 한 치의 망설임도 없이 윤이 부탁한 보따리를 얼른 문 앞에 내려놓았다. 한숨 돌리는 순간에 에어캡으로 포장된 것 중 하나와 눈이 마주쳤다. 올록볼록한 수많은 공기주머니가 수천 개의 눈알처럼 번뜩였다.

나는 자갈밭을 가로질러 내달렸다. 일정한 박자로 들려오는 자갈 소리가 누군가 뒤에서 바짝 쫓아오는 것만 같았다. 등줄기가 서늘했다. 마을 표지석에서 삼십 미터쯤 떨어진 곳에서 되돌아가는 버스를 탈 정류장을 발견했다. 핸드폰 플래시를 켜 버스정류장 표지판에 적힌 배차 간격을 살펴봤다.

핸드폰으로 포털 사이트에 접속해 '마현시 실종사건'을 검색했다. 지난여름 이후로는 특별히 추가된 기사를 찾을 수 없었다. 그게 조금은 안심을 주었지만 그래도 수시로 주변을 두리번거리며 살펴야만 했다. 공포 영화에서 보면 다른 데 정신을 팔고 있거나 방심한 사이 살인마나 악령이 실체를 드러냈다. 어둠 속으로 숨어버린 것들을 보기 위해 얼마나 필사적으로 노력했는지 눈이 다 시렸다.

차 한 대가 마을 입구를 향해 들어가려다 갑자기 진로를 바꿔 내 앞에 멈춰 섰다. 이내 창문이 스르륵 내려갔고 장이 모습을 드러냈다. 숨이 멎는 줄 알았다.

"물랭루주에서 봤죠, 우리."

나는 꿀꺽 마른침을 삼켰다. 대답 없이 금색 보따리의 행방을 손가락으로 가리켰다. 여기서 보일 리는 만무했지만 그렇게 했다. 장은 그 의미를 알아차렸다는 듯 고개를 끄덕이며 말했다.

"번거롭게 해버렸네. 타요!"

나는 최대한 정중하게 거절했다.

"괜찮습니다."

"타요."

장은 고집스러운 목소리로 힘주어 말했다. 나는 괜스레 주위부터 살폈다. 여전히 개미 새끼 한 마리도 보이질 않았다. 소리를 지른다고 한들 동전만 하게 보이는 저 가정집까지 들릴 것 같지는 않았다. 들었다 한들 우사인 볼트가 아닌 이상 구해주러 오는 사이 나는 사라지고 없을 것이다.

그때 저 멀리 어둠을 걷어내며 이쪽으로 달려오는 버스가 보였다. 나는 황급히 도로로 달려 나갔고 있는 힘껏 손을 흔들었다.

장은 얼굴을 창문 밖으로까지 내밀고 소리쳤다.

"무슨 짓이야!"

버스 문이 열리기 무섭게 나는 그 속으로 달아났다. 버스
는 곧 출발했다. 무시무시한 표정으로 소리 지르던 장의 모
습이 떠올라 다리가 후들거렸다. 분명 먹잇감을 눈앞에서 놓
친 맹수의 눈이었다.

그때는, 정말, 그렇게밖에 보이질 않았다.

일진 한번 더럽게 사나운 날이었다. 가게로 올라가는 계단
에서 은정과 딱 마주쳤다. 나는 외마디 비명과 함께 그 자리
에 주저앉아버렸다. 하긴 은정이 아닌 그 누구와 마주쳐도
마찬가지였을 테다. 은정은 이제 막 물랭루주에서 나오던 참
이라고 말했다.

나는 얼마나 불안에 떨었던지 두 정거장이나 지나 버스에
서 내렸다. 그나마 다행인 건 거기서부터 물랭루주가 있는
거리까지는 상업시설 밀집 구역이라 늦은 밤까지도 대낮처
럼 환했다. 앞만 보고 물랭루주까지 재게 걸었다. 정신이 없
어 영락슈퍼 앞에 쌓아놓은 주류상자를 보지 못하고 걸려
넘어지기도 했다. 빈 상자 몇 개가 바닥으로 요란하게 뒹굴
었다. 그제야 살았구나 싶었다.

그런데 이 판국에 은정이라니! 왜 여기까지 온 걸까. 일하는 델 괜히 말해줬구나, 싶었다. 은정은 어떨지 몰라도 나는 이전 일로 여전히 껄끄러웠다.

"야, 너 왜 그래? 안색이 많이 안 좋은데?"

은정도 나만큼이나 놀란 얼굴을 하고 말했다.

"어쩐 일이야?"

"나, 오늘 차 나왔거든. 오는 길에 계속 전화했는데."

새 차를 갖게 된 날, 은정은 왜 하필 나를 떠올렸으며 찾아온 것인지 생각해야만 했다. 자랑하기에는 항상 무언가 부족한 내가 제격이라 여겼을 것이다.

"이따 집에 바래다줄게."

"아직 일하는 중인데."

"곧 끝나지 않아?"

기다리겠다고 할까 봐 오금이 저렸다. 그래서 나는 쓸데없는 말을 하기 시작했다.

"여기 방을 하나 주셨어. 혼자 지내기에 방도 크고."

이제는 내가 무슨 말을 하는지도 모를 지경이었다.

"여기에 산다고?"

은정은 내 얼굴을 뚫어져라 쳐다봤다. 고개를 갸웃거리며 한참을 그렇게 서 있었다. 제발 그냥 좀 가버렸으면……. 나는 속으로 주문을 외웠다.

그날 은정은 마지못해 돌아갔다. 아마 그때부터 말도 안 되는 상상의 나래를 펼친 것이 틀림없다. 은정은 도대체 머리가 어떻게 잘못된 모양이었다. 망할 놈의 추진력까지 생겨 한 치의 망설임 없이 나를 지옥 불로 밀어 넣을 준비를 한 것이다.

박 교수라는 사람이 물랭루주에 발을 들이기 시작한 것도 그즈음이었다. 함박눈이 소리 없이 쏟아져 내렸고 도로는 꽁꽁 얼어버렸다. 폭설 주의보가 내렸는데 마현시에서는 진귀한 현상이었다. 창밖에 내리는 눈을 보고 손님들도 일찌감치 집으로 돌아갔다. 8시쯤 되니 가게는 텅 비었다. 9시 공연이 끝나면 모두 함께 퇴근하기로 했다.

"관객도 없는데 공연한다니까, 초창기 생각나고 좋네. 영광이지 뭐, 어디 자주 볼 수 있는 공연인가. 하루에 딱 두 번밖에 못 보는 귀한 것을 또 보게 생겼으니."

김이 비꼬듯이 말했다. 윤은 대꾸하는 대신 의상실 안으로 냉큼 들어갔다. 나는 손님이 앉았던 테이블을 치우고 있었다. 그때 박 교수가 들어왔다. 머리와 코트에 쌓인 하얀 눈을 툭툭 털어내며. 그렇게 박호섭 씨는 우리 앞에 나타났다.

김은 처음부터 박 교수를 좋아했다. 물랭루주에서는 취급하지 않는 아주 고가의 양주만 찾았기 때문이다. 결국 그가 주문한 것은 평범한 맥주 세 병이었지만 말이다. 그날 박 교수는 윤의 무대를 독점 관람했으며 그 뒤로 물랭루주에 자주 드나들었다.

천하에 몹쓸 년

내가 주천 대학교의 휴학생이라는 걸 알게 되자, 박호섭 씨는 몹시 반가워했다. 얼마 전까지 파리의 무슨 대학에 교환교수로 있었고 봄부터는 다시 주천 대학교에서 강의할 것이라고 했다. 그때부터 우리는 그를 박 교수님이라 부르기 시작했던 것 같다. 미혼이지만 고급 아파트를 소유했으며, 이제는 외로워 함께 살 사람이 필요하다고 우스갯소리처럼 그는 자신을 소개했다.

시간만 나면 김은 박 교수 타령을 해댔다. 그가 저한테 반한 게 분명하다며 상상의 나래를 펼쳤다. 김은 남자의 속마음을 읽어내는 재주가 있다며 과신했다. 일주일에 한 번꼴로 박 교수는 꽃을 사 왔고 그걸 꽃병에 꽂으라며 내게 건넸다.

꽃에는 일절 감흥이 없던 김도 이번만큼은 달랐다. 그 꽃은 박 교수가 자신에게 주는 것이라 믿었다. 직접 주기 부끄러우니까 내 손을 거쳐 전하는 것이라고 했다. 이몽룡이 방자나 향단을 통해 춘향에게 마음을 전한 것과 비슷한 예라고 설명까지 덧붙였다. 사랑은 직진보다 우회가 맛이라며 꽃에 코를 박은 채 김은 제멋대로 착각을 일삼았다.

아무튼 김의 말에 따라 해석해보려고도 했지만, 아니었다. 박 교수는 누가 봐도 윤에게 반한 게 틀림없었다. 그는 파리나 물랭루주 이야기를 자주 꺼냈다. 그때마다 윤은 턱을 괴고 앉아 한참 동안 그가 들려주는 얘기에 빠져들곤 했다. 방귀 아티스트로 물랭루주에서 공연한 조제프 퓌졸이라든가, 파리 오르세미술관에 걸려 있는 툴루즈 로트레크의 그림들. 사람들은 물랭루주 공연이 야할 거로 생각하는데 실은 6세 이상부터 관람할 수 있다는 그런 얘기들.

지금 생각해보면, 그런 정보들은 인터넷에서 얼마든지 쉽사리 얻을 수 있는 거였다. 하지만 우리는 박 교수를 파리지앵이라도 되는 양 여겼고, 반겼다.

어느 날, 박 교수가 윤에게 질문했다.

"왜 매번 캉캉만 추는 거요?"

"그게 제 꿈이니까요."

윤은 캉캉을 꿈이라고 진지하게 말했다. 하지만 아무도 그 말을 제대로 이해하지는 못했다.

"그럼 매일 캉캉을 출 수 있으니 꿈을 이룬 거나 다름없네요."

"지금은 연습 중이에요. 준비가 완벽하게 되면 꿈을 이루러 갈 거예요."

나는 애타는 심정으로 윤에게 물었다.

"연습이 끝나면 어디로 간다는 거예요?"

윤이 한껏 미소 지으며 말했다.

"물랭루주."

"여기가 물랭루주잖아요."

예전에 김이 내게 했던 말을 떠올렸다. 물랭루주에 오고 얼마 지나지 않았을 때였다. 관객도 없는데 무대에서 열정의 캉캉을 추는 윤. 춤추는 그녀를 바라보며 김이 그랬다. 다리가 저리 돼버린 한풀이를 하는 거라고. 파리로 건너가 물랭루주 댄서가 되려고 했지만, 다리가 저 모양이 됐다고 했다. 그래서 여기서 저 지랄하면서 사는 거라고. 윤의 무대가 흥겨울수록 김은 슬프다고 했다. 나 역시 정말 그런 줄로만 알았다.

하지만 윤의 입장은 전혀 달랐다. 이곳은 꿈을 이루기 위한, 그러니까 연습실 같은 개념이라고 내게 설명했다.

"이미 그곳에 있다고 상상하며 연습하는 게 중요해."

박 교수는 마지막 공연 시간에 맞춰왔다. 술 없이 안주만 시켰고 윤이 퇴근할 때가 되면 계산했다. 이어 윤에게 같은 방향이니 바래다주겠다고 했다. 그때마다 김은 뿔난 망아지처럼 굴었다. 팔자타령을 하며 일 때문에 연애도 못 한다고 툴툴거렸다. 누가 봐도 박 교수는 윤을 좋아하는데, 김은 인정하려 들지 않았다.

나는 그때 한창 웨딩드레스 공모전 출품 준비로 그들의 삼각관계가 어떻게 발전해가는지 신경 쓰지 못했다. 어느 날, 일면식도 없는 선배에게서 전화가 걸려 왔다. 대학 때 잠깐 내 지도교수였던 오 교수님이 나를 그들의 팀에 넣을 것을 추천했다는 용건이었다. 저명한 웨딩잡지인 「프리즘 웨딩」에서 '아마추어 디자이너 드레스 쇼'를 준비한다고 했다. 먼저, 전국의 의상 관련 학과 대학생을 대상으로 드레스 디자인 공모전을 개최했다. 선배는 이미 다섯 명 정도가 팀원으로 꾸려졌으며 거기에 출품할 작품을 구상 중이라고 했다. 그러면서 대뜸 내게 함께할 기회를 주겠노라고 훈훈하게 말했다.

"오 교수님이 특별히 말씀하셔서 고심 끝에 널 팀에 넣을까 해. 출품 기간이 그리 넉넉지 않으니까 네가 가진 디자인 중 하나를 우리가 함께 손봐서 제출했으면 하거든. 다들 출전하고 싶어 하지만, 너에게 기회를 주고 싶다는 게 우리 생각이야. 나 역시 널 그전부터 좋게 봐왔고. 어때, 할 수 있겠니?"

분명 팀이라고 했지만, 선배가 말하는 '우리'에는 내가 포함되지 않은 뉘앙스였다. 놀이할 때 깍두기의 역할처럼 느껴졌다고나 할까. 기분 탓이겠거니 했다. 얼굴도 모르는 이들이지만 그들은 나를 선택해줬다. 또 이것을 기회라고 분명하게 강조했다. 내게는 좀처럼 잘 주어지지 않던 단어였다.

"천하에 몹쓸 년!"

순식간에 김의 손이 내 뺨을 향해 날아들었다. 무슨 영문인지는 몰랐으나, 제대로 찰지게 맞은 건 확실했다. 아프다는 감각을 느낄 수 없을 정도로 머릿속이 하얘졌다.

오는 길에 김이 좋아하는 군고구마와 윤이 좋아하는 슈크림 잉어빵을 샀다. 식으면 맛이 없을까 봐 서점에 들렀다가 천천히 포장해 오는 길이었다. 영락슈퍼에도 들러 군고구마 하나를 내드렸다. 아줌마는 저녁에 호박죽을 쑬 참인데 가져다주겠다고 했다.

그 말을 그대로 김에게 전하다가 뺨을 맞았다. 내가 영락슈퍼 아줌마와 친하게 지내는 것이 싫었던 걸까. 최근엔 김도 영락슈퍼에서 담배를 몇 번 사곤 했던 터라 모든 것이 좋아졌다 싶었는데.

"네가 윤 사장을 고발해?"

황당무계한 소리를 듣자 현기증이 일었다.

"도대체 무슨 소리를 하는 거예요?"

성급한 김이 어디선가 잘못된 정보를 듣고 와서 내게 이러는 것이지 싶었다. 품에 안고 있던 고구마와 잉어빵은 뜨겁기만 했다.

"노동청에서 근로감독관이 현장 조사를 하러 나왔어. 이래도 발뺌할래?"

근로감독관은 내가 없는 사이 물랭루주를 방문해 눈을 번득이며 내부를 둘러봤다. 신고가 들어왔다고 했다. 혹시 직원 중 이곳에서 생활하는 사람이 있는지부터 확인했다. 윤과 김은 당연히 없다고 대답했다. 그들은 그때까지만 해도 그렇게 알고 있었으니까. 의심에 찬 근로감독관은 몇 가지를 연속으로 질문했고, 그 뒤에 의상실을 손가락으로 가리켰다.

윤은 그 용도에 대해 거침없이 설명했다. 직접 보여주겠다며 그들을 그곳으로 안내하기까지 했다. 필요 이상으로 샅샅이 보여줬다. 별생각 없이 행거에 걸린 드레스를 들춰 보였다.

"여기는 제 의상과 소품뿐입니다. 그 신고 내용 참 재밌네요."

윤이 단호하게 말하는데, 행거 뒤에서 가방이 하나 나왔다. 이어 숨은그림찾기처럼 한쪽 구석에서 이불과 매트, 베개까지 줄줄이 딸려 나왔다. 윤은 당황했다. 무슨 영문인지 싶어 가방 안을 살펴보는데 누가 봐도 집 나온 사람의 물건이었다. 옷가지와 속옷, 소지품이 가득 들어 있었다. 익명의 신고자가 한 고발 내용에 신빙성이 얹히는 순간이었다.

하필 내가 그 자리에 없을 때 이런 일이 벌어졌다. 김은 내가 근로감독관이 오는 걸 미리 알아 빠져나간 거라고 확신했다. 김은 정말로 흥분했다. 내 품 안의 종이봉투를 빼앗아 바닥에 내동댕이쳤다. 나는 노오란 슈크림이 내장처럼 터져 나오는 잉어빵과 구석으로 굴러가는 군고구마를 하염없이 바라봤다.

"퇴근할 때마다 내가 보는 앞에서 너 택시 타고 갔잖아. 그럼 눈속임하고 다시 돌아온 거네? 여기서 지내면서 아닌 척 시간 맞춰 출근하고! 우리가 바보같이 속으니까 재밌든? 네 속셈이 도대체 뭐야? 뭐냐고!"

"속셈 같은 게 있을 리 없잖아요. 그저 갈 곳이 없었을 뿐이에요."

"너 처음부터 작정한 거지? 그렇지 않고서야 신고할 이유가 없잖아. 익명의 신고 좋아하시네. 너라는 걸 모를까 봐?"

아무리 말해도 김은 내 말을 들으려 하지 않았다. 나를 가게 밖으로 거칠게 떠밀었다. 힘을 주고 버텨 선다면 버텨볼

만도 했지만, 순순히 밀려났다. 그러는 동안 김은 두 번이나 넘어질 뻔했다. 한 번은 고구마, 한 번은 잉어빵을 밟았다. 그 때문에 더 화가 난 것 같았다.

다음 날, 나도 노동청으로 조사를 받으러 갔다. 근로감독관은 내게 그곳에서 숙식한 게 언제부터였는지 물었다. 나는 솔직하게 말해야만 했다. 그 책임을 지기 위해서였다. 하지만 전혀 다른 방향으로 흘렀다.

"익명의 신고가 접수됐어요. 물랭루주에서 불법 성인 쇼 및 성매매가 의심된다는 내용이었어요. 본인의 친구인 임도희 씨가 그곳에서 숙식을 제공받으며 이 일에 깊이 연루됐다고 했습니다. 조사해보니 그것은 허위로 밝혀졌어요. 그런데 문제는 말입니다. 보통 새벽 한 시쯤 영업을 종료했다고 하던데, 임도희 씨는 그 시각까지 영업장에서 머물며 일을 도왔습니까?"

"네?"

"윤진아 씨가 시인하더군요. 원래는 공연 의상 수선업무로 임도희 씨를 채용했는데, 차츰 다양한 업무와 무리한 근로시간을 부담시켰다고. 맞습니까?"

"그게 아니라 제가 몰래 그 안에 숨어들어서 살았고요. 물랭루주 안에 항상 머물러 있었던 것은 근로가 아니라 갈 곳이 없어서였어요."

근로감독관이 서약서 사본을 보여줬다. 윤이 친필로 작성한 것이었다. 초과 근로시간에 대한 임금체불을 인정하며 그 금액에 대해 추가 지불하겠다는 내용이었다. 근로감독관은 업주가 이를 인정했으므로 빠른 시일 내 무난하게 처리될 거라며 걱정하지 말라고 했다.

그 말은 내가 집을 잃게 됐다는 뜻이었다. 물랭루주로 돌아가긴 영영 틀린 것이다. 나는 본의 아니게 윤의 뒤통수를 치고 말았다. 그것도 그냥 친 정도가 아니라 후려갈긴 수준이었다.

"거기가 제 집이에요. 감독관님도 집에서 머무는 시간을 근로시간으로 보진 않으시잖아요. 전 청구할 수 있는 것이 아무것도 없어요."

정처 없이 걸었다. 하늘을 올려다봤다. 하늘은 누구한테 뺨이라도 한 대 제대로 얻어맞은 것처럼 벌겋게 물들어 있었다. 입술 사이로 실소가 새어 나왔다. 한참을 그렇게 서서 웃었다. 이것 역시 감정의 균형을 유지하기 위한 반사작용의 하나일까.

왜 나에게만 자꾸 이러시는 겁니까. 하늘로 분노를 쏘아 올렸다. 닿아야 할 곳까지 가지도 못하고 도로 내게로 떨어졌다. 지나가던 사람들이 이상한 시선으로 나를 쳐다봤다. 나를 피해 바삐 지나쳐갔다. 누구 하나 괜찮냐고 물어봐주지 않았다.

은정과 물랭루주 계단에서 마주쳤던 그날을 떠올렸다. 주머니에서 핸드폰을 꺼내 은정의 연락처를 찾았다. 손이 바들거리고 심장이 터질 것처럼 뛰었다.

"캉캉 공연? 그리고 네가 무슨 드레스를 수선한다고? 웃기고 있네, 정말. 거짓말도 그럴싸하게 해야지. 처음에는 그냥 그런가 보다 했어. 하지만 네 주제에 무슨 돈으로 샤넬을 샀나 싶어졌지. 도대체 뭘 하는 곳일까. 그래서 한번 가본 거야. 너 그날 무척 당황하더라? 내가 가게까지 올 줄은 상상도 못 한 거지. 무슨 짓을 하는 거니, 도희야! 아무리 돈에 환장을 해도 말이야. 인간으로서 해야 할 일과 그렇지 않은 것쯤은 구분하고 살아야지."

귀신은 저런 년을 안 잡아가고 뭐 할까. 장은 저런 애는 왜 먹잇감으로 선택하지 않는 걸까. 은정은 정말 나에 대해 아는 것이 도대체 있기나 할까. 내가 좋아하는 음식, 하다못해 내 혈액형 같은 것이라도. 나에 대해 잘 알지도 못하면서 왜 자꾸만 아는 척하려 드는지 모르겠다. 난 정말 모르겠다.

은정은 멈출 줄 몰랐다. 내게 조언을 빙자한 조롱을 잔뜩 늘어놓았다. 말끝마다 이게 다 애정이고 관심이라고 포장했다.

"하지만 네가 한편으로 구해주길 바라는 눈빛이었어. 네 양심의 절규를 내가 읽고 널 악에서 구원한 거지."

은정은 누군가의 삶을 구했다는 보람과 우월감에 사로잡혀 밥맛이 좋아질 것이다. 김이 모락모락 나는 갓 지은 밥을 앞에 두고 콧노래도 흥얼거릴 것이다. 착한 일을 또 하나 했다며 일기장에 적을 수도 있다. 은정의 집으로 당장 쫓아갈까 잠시 고민도 했다. 실과 바늘을 챙겨가서 은정의 두 입술을 새발뜨기 방식으로 꿰매버리고 싶었다.

"명품 가방 사는 게 중요한 게 아니야. 대학은 졸업해야지, 안 그래? 지금이라도 내 집으로 들어와. 야, 임도희! 듣고 있어?"

다 안다고 생각하겠지만 끝까지 그렇게 모르고 살아버려라. 나는 마음속으로 은정을 저주했다. 이것은 얼마나 무서운 저주인가. 나는 더 이상 대꾸하지 않고 전화를 끊어버렸다.

모텔 주인은 수시로 내선 전화로 연락해왔다. 처음에는 받질 않았는데 문이 부서질 정도로 두드려댔다. 그 후로 귀찮지만, 전화는 받았다. 내가 혹시 죽기라도 할까 봐 그런다는 걸 눈치챘다. 며칠째 침대 밖으로 나가지 않았다.

전화를 잘 받았는데도 모텔 주인이 또다시 방문을 두드렸다. 청소도 하고 수건이랑 물도 채워 넣어주겠다고 했다. 벌써 삼 일째라는 말도 덧붙였다. 일주일 치 방값을 미리 받아 갔으며, 비상 연락처를 하나 적어 달라고 했다. 나는 메모지와 볼펜을 받아 들고 잠시 머뭇거렸다. 모텔 주인이 혀를 찼다. 다급하게 내 핸드폰 번호를 휘갈겨 내밀었다.

비상 연락망에는 일반적으로 보호자나 가족의 연락처를 적는다. 비상시에 나를 보호해줄 수 있는 사람. 하지만 나의 유일한 가족인 아버지는 본인의 삶이 매일같이 비상이다. 내게는 적을 번호가 없다는 것을 새삼 깨달았다. 내 핸드폰을 어디에다 뒀는지도 까마득했다.

식욕은 명분을 만들어줬다. 나는 밖으로 나가야 했다. 그래, 이제 다시 아르바이트도 찾아봐야 할 것이고 지낼 곳도 알아봐야 했다. 그리고 공모전 마감도 며칠 남지 않았다. 디자인을 마무리해 며칠 내로 선배에게 넘기기로 했는데……. 슬쩍 걱정됐다. 물랭루주에 두고 온 소지품과 디자인 드로잉을 챙겨 와야 했다. 그런 후에 무언가 좀 먹을 참이었다.

새벽 두 시가 넘어가자 나는 외투를 챙겨 입고 밖으로 나섰다. 나를 마주친 모텔 주인은 그제야 안도하는 표정이었다. 퇴실하는 거냐고 얼른 물어왔다. 나는 대답하지 않고 모텔 앞에서 택시를 잡았다. 다들 내가 어디론가 가버리기를 간절히 원했다. 나를 쫓아내고 몰아내고 싶어 했다.

택시에 타서 목적지를 밝혔다. 물랭루주라고 말하는데 목이 멨다. 어둠이 짙게 깔린 창밖을 내다봤다. 태어나는 일도 어찌 보면 머물던 방을 빼면서부터 시작되지 않던가. 인간은 누구나 그렇게 시작한다. 그래, 때가 오면 나가는 것이 맞는 이치다. 창에는 내 얼굴이 비쳤다. 그게 보기 싫었다. 나는 눈을 감아버렸다.

그사이에 출입문 잠금장치의 비밀번호가 바뀌었을까 봐 조마조마했다. 윤과 김의 얼굴을 다시 볼 자신은 없었다. 윤은 내게 과분하게 잘해줬으며 김도 속은 따뜻한 사람이었다. 나는 그들과 같은 구성원으로 일하면서 물랭루주에 사는 게 좋았다. 모든 게 안정적으로 자리 잡아가고 있다 믿었는데……. 이렇게 순식간에 물거품처럼 사라질 줄이야. 하지만 그 누구를 탓할 수도 없었다. 오직 나의 잘못이었다. 그들을 속인 것은 나였으므로.

물랭루주에 들어서자, 긴 여행 끝에 집으로 돌아온 방랑자처럼 노곤한 기분이 들었다. 카운터에 꽂아둔 충전 잭에 방전된 핸드폰을 연결했다. 이런 기분에 사로잡힌다는 자체가 서러웠다.

이곳은 나를 어루만지고 보살펴줬으며, 안정과 평온을 제공했다. 밀걸레를 빨아 마지막 바닥 청소를 시작했다. 감사를 빌미 삼은 이 행위에 집중하며, 떠나는 시간을 조금이나

마 미뤄보고 싶었다.

나는 고개를 세차게 내저으며 밀대를 잡은 손에 힘을 주었다. 생존을 앞에 두고 이따위 미련이나 갖다니. 내 감정이 무례하고 하찮게 여겨졌다. 그래, 겨우 아르바이트 하나 그만두는 것뿐이다. 그동안의 여느 아르바이트처럼 말이다. 쓸데없이 이곳에 필요 이상의 마음을 쏟았을 뿐이라고, 나를 다그쳤다.

화장실 벽면에 설치된 수도꼭지를 틀어 마포 걸레를 빨았다. 발로 꾹꾹 밟아 물기를 짜내고는 뒤집어 세워놨다. 물기가 바닥으로 후드득 떨어져 내렸다. 다음 날이 되면 바짝 말라 있을 것이다. 일어나 세수할 때마다 건조된 마포 걸레를 보면 괜스레 유쾌했다. 물컹거리는 내가 바삭해진 기분이랄까. 이제 그 기분도 느낄 수 없어졌다.

짐을 챙기기 위해 의상실 문 앞에 섰다. 악수라도 하듯 문손잡이를 잡았고 한참 만지작거렸다.

날이 밝기에는 아직 일렀다. 창문 밖은 검정 원단을 펼쳐놓은 듯했고 듬성듬성 솟아난 별은 실수로 낸 바늘구멍처럼 보였다. 이 시간을 어떻게 재단하면 좋을까. 그저 이 칠흑 같은 어둠에 볼을 비벼대고 싶다는 생각뿐이었다. 하지만 더 지체한다면 나라는 존재는 물컹거리다 못해 녹아내리겠지.

나는 손잡이를 힘주어 돌렸다. 문을 열자마자 낯선 것들이 눈에 들어왔다. 어느새 당연하다는 듯 공간을 차지하고 있는 물건들. 그래서인지 전보다 내부는 더 좁아졌다.

선반과 화장대를 사이에 두고 접이식 간이침대가 새로 놓여 있었다. 일부러 크기를 맞추기라도 한 것처럼, 한쪽 벽면의 공간에 잘 맞아떨어졌다. 침대 위에는 전기요와 꽃무늬 극세사 이불이 깔려 있었다. 전기요의 전원은 켜져 있었고 손을 넣어보니 알맞은 온도로 포근했다. 잠자리에 들 누군가를 위한 극진한 준비였다.

재봉틀 대 위에는 포스트잇 하나가 붙어 있었다.

도희야, 냉장고에 반찬 넣어뒀고 선반에 햇반 있다.

괜찮다, 이해한다, 용서해준다는 말 같은 것은 단 한마디도 쓰여 있지 않았다. 짧고 간결했다. 그래서 나를 길고도 복잡한 마음으로 울게 했다. 여태껏 어느 하나 제대로 된 것을 가져본 적 없었다. 그런 내가 물랭루주에 나의 방을 갖게 됐다. 나를 기다려주는 사람들도 갖게 됐다. 그 순간 기이익, 기억, 하는 소리가 울렸다. 물랭루주가 허락의 고갯짓을 하는 듯했다.

충전된 핸드폰을 확인했다. 그동안 윤과 김으로부터 부재중 전화와 메시지가 와 있었다. 김은 동영상을 찍어 보내기까지 했다. 자신의 긴 머리를 풀어 헤치고 뒤통수 어디쯤을 가리켰다. 아마도 윤이 찍어주는 듯했다.

"윤 사장, 여기, 여기를 찍어야 해. 도희야, 이 봐라. 널 내쫓고 나는 곧장 잉어빵을 밟고 넘어져서 머리가 깨질 뻔했다. 병원에 가보니 가벼운 뇌진탕이라고 하더구나. 네가 나가면서 나 뒈지라고 기도했지? 그러지 않고서야……."

카메라가 흔들리며, 윤의 목소리가 들렸다.

"언니!"

다시 카메라가 김을 비췄다. 머리를 가지런히 뒤로 묶으며 김이 말했다.

"전후 사정은 전부 들었다. 내가 큰 오해를 했어. 도희야, 이 영상 보거든 어서 돌아와라. 무서운 세상인 거 너도 알지. 이제 늦은 시간에 너 부려먹지도 않을 거고……. 갈 데도 없는 게 도대체 어디에 있는 거야!"

울먹이는 듯 김이 말끝을 흐렸다.

"야, 그만 찍어. 나 안 할래. 내가 라꾸라꾸 하나 가져다 놨다. 이제 진짜 끝. 컷! 그만 찍어. 아니, 그런데 네 친구 년은 또라이니? 왜 그런 헛소리를 해서 이 사단을 만들어!"

나는 울다가, 웃었다가, 다시 울었다. 김의 물음에 혼잣말로 대답했다. 이게 다 그 짝퉁 샤넬 백 때문이에요.

모르는 번호뿐 아니라 학교 선배의 번호로도 예상대로 전

화와 메시지가 잔뜩 와 있었다. 선배가 보낸 가장 최근 메시
지는 이랬다.

시발, 잠수 타면 죽일 거야.

무서운 사람들

윤이 사진 한 장을 현상해 왔다. 물랭루주 앞에 벚꽃이 만발하던 날 찍은 사진이었다.

그날, 창밖에는 꽃잎이 눈발처럼 흩날렸다. 윤은 창가 부근에서 삼십 분째 스트레칭을 하고 있었다. 손으로 오른쪽 발끝을 잡고 다리를 쭉 뻗어 올렸다.

나는 그녀가 하는 동작을 가만히 바라봤다. 보고 있으면 내가 다 유연해지는 기분이었다. 그러다 갑자기 밖으로 나가 사진을 찍자며 윤이 말했다. 처음에 김은 싫다고 빼는 듯했으나 끝내 밑으로 내려갔다. 영락슈퍼 아줌마에게 핸드폰을 건네며 사진을 부탁하기까지 했다.

셋 중에 키가 제일 작은 내가 중간에 섰다. 영락슈퍼 아줌마는 전문 사진가처럼 우리에게 여러 포즈를 요구했다. 팔짱을 껴봐라, 옆으로도 서봐라, 이가 보일 정도로 활짝 웃어라. 나는 그제야 비로소 봄이 왔음을 눈치챘다. 물랭루주 앞 가로수가 벚나무였다는 사실도 그때 처음 알았다. 그렇게 찍은 사진을 김은 각자의 핸드폰으로 전송해줬다.

윤은 사진을 액자에 끼웠다. 그리고 벽을 둘러보며 어디에 걸면 좋을지 고민하는 듯했다.

"요즘 누가 사진을 걸어? 현상 수배범도 아니고."

말은 그렇게 하면서도 김은 액자 놓을 마땅한 자리를 봐줬다. 윤은 양주병이 놓여 있는 선반에 액자를 세워 놨다. 그리고 말했다.

"내가 파리로 떠나면 보고 싶을 거 아니야? 사진 한 장쯤은 미리 남겨둬야지. 안 그래?"

김은 못 말리겠다는 듯 고개만 내저었다. 나도 괜히 그 근처를 기웃거렸다. 이미 창밖의 벚꽃은 온데간데없이 사라져 버렸다. 순식간이었다.

"가족사진 같네."

윤이 말하자, 김은 정색했다.

"너같이 꿈만 좇는 배우자에, 물러터지다 못해 곪아버린 자식은 사절이다."

사진을 보고 이야기를 나누다가 우리 세 사람의 공통점을 발견했다. 모두 가족사진을 찍어본 적이 없다는 것이다. 사진에서 여전히 눈을 떼지 못하고 있을 때, 김이 말했다.

"우리 아들은 말이야, 작년 봄에 나한테 말도 안 하고 입대한 거 있지. 그런데 가족사진은 무슨."

김의 눈시울이 조금 붉어졌다. 호래자식이라며 욕설도 내뱉었다. 거기에는 증오보다 서운함이 더 깊게 실려 있었다. 나는 김에게 아들이 있다는 것도 몰랐다. 결혼은 했을지 모른다고 생각했다. 그것도 여러 번.

"내가 따졌지. 그런데 아들놈이 뭐라는 줄 알아? 엄마는 예전에 집 나갈 때 나한테 허락 맡고 나갔어요? 이렇게 되묻더라. 할 말이 없는 거야. 그건 정말 아주 오래전의 일이었어. 너무 오래전이라 나도 기억이 가물가물한데 그걸 다 기억하고 마음에 품고 살았나 봐. 그 일 있고 나서는 줄곧 저하나만 보고 건사하며 살았는데……."

김은 아들이 세 살 때 동네 남자와 바람이 나서 집을 나갔다고 했다. 이십 대 초반이었던 김에게 사랑은 전부였다. 행복할 줄만 알았는데 집 나오고 얼마 지나지 않아 후회했다. 또래보다 말이 느렸던 아들이었다. 이제 겨우 엄마 소리밖에 할 줄 모르는데 그마저도 못 하게 만든 꼴이었다. 후회로 얼룩진 나날들 속에 내연남과 다툼은 잦아졌고 집 생각만 간절했다.

다행히 김의 남편은 모든 것을 이해해주겠다며 돌아오라고 했다. 남편은 이해는 해줬지만 사랑을 해주지는 않았다. 몇 년 지나지 않아 남편에게도 다른 여자가 생겼다. 김도 남편에게 똑같이 말했다. 하지만 남편은 영영 돌아오지 않았다. 그 여자와 아이도 낳고 또 낳으며 행복하게 살았다.

김은 자신의 죗값이라 여겼다. 양육비도 한 푼 받지 못했으나 원망도 하지 않았다. 홀로 아들을 키우며 그 죄를 씻고 또 씻으려 했다. 그런데 아들이 다시 그 죗값을 청구해왔다. 정산이 끝났다고 여겼는데 아니었던 모양이다.

"나는 남자도, 사랑도, 꿈도, 희망도, 다 싫다. 이제는 자식도 싫어. 다 개나 줘버리라지. 살아보니까 믿을 것은 돈뿐이야. 돈 모아서 전통 찻집이나 하나 차릴 거야. 쌍화탕이랑 대추차 전문으로. 내가 좋아하거든. 그런데 왜 두 사람은 가족사진을 못 찍었어?"

나와 윤이 서로 마주 봤다. 누가 먼저라고 할 것 없이 어깨만 으쓱거렸다. 엄마는 죽었고 아버지는 사진기 앞에 가만히 서 있을 수 없을 정도로 항상 취해 있었다. 그게 이유였다. 사실대로 말하기에는 너무 삭막하고 듣기에도 거북할 것이다. 이런 이야기는 하지 않는 편이 서로에게 좋았다.

윤의 핸드폰이 계속 울렸다. 김은 힐끗 보더니 또 박 교수냐고 물었다. 윤은 고개를 끄덕였다. 곧 핸드폰을 들고 주방으로 들어가버렸다. 연애라도 하는 모양이라며 김이 입을 삐죽거렸다. 조금 전만 해도 남자도 사랑도 다 싫다더니. 김은 박 교수에게만큼은 여전히 미련이 남은 듯했다.

이제는 김도 박 교수가 자신이 아닌 윤을 좋아한다는 것을 받아들였다. 김의 말대로 두 사람이 연애 중이라면 윤의 저 표정은 대체 뭘까. 나는 주방 안을 힐끗 봤다. 분명 사랑에 빠진 여자의 얼굴은 아니었다.

노래방에 갔던 날도 윤의 표정은 그림자가 진 것처럼 어두웠던 것 같다.

나까지 물랭루주 세 사람은 한 달에 한 번 정도 일요일에 만났다. 회식 개념으로 함께 밥도 먹고 영화도 봤다. 그날은 김이 노래방에 가자고 졸랐다. 윤은 자신은 음치라며 노래는 부르지 않겠다고 전제조건을 달았다. 어차피 그런 다짐은 받을 필요도 없었다. 김은 마이크를 손에서 놓을 생각이 없었으니까.

노래방에 있는 동안에도 윤에게는 계속 전화가 걸려 왔고 밖을 들락거렸다. 짱짱한 에코를 자랑하는 마이크에 대고 김이 짓궂게 소리쳤다. 이 밤에 누구한테서 자꾸 전화가 걸려 오느냐고. 방 안에 메아리처럼 그 목소리가 울려 퍼졌다. 윤은 짧게, 박 교수라고 대답했다.

조금 전까지 열창의 무대를 선보이던 김은 시무룩해졌다.

이내 리모컨으로 번호를 눌러 선곡했다. 간주가 흘러나왔다. '바람아 멈추어다오'라는 곡이었다. 예전에 김이 내 앞에서 흥얼거렸던 노래였다. 그 절절한 가사가 떠올랐다. 김은 몸을 좌우로 움직이며 리듬을 탔다. 노래는 잘 불렀으나 춤은 아닌 듯했다.

나는 비로소 전곡을 들을 수 있게 돼 기대했다. 윤의 표정이 어두워 보였지만 노래방 조명 탓이라고만 여겼다. 2절에 도달하자 나도 마이크를 잡고 나란히 서 듀엣으로 불렀다. 노래에 취해 윤을 신경 쓸 겨를이 없었다.

나는 복학을 미뤘다. 학자금 대출을 알아볼 수도 있었지만, 손에 쥐는 돈을 좀 더 모으기로 했다. 통장에는 겨우 사백만 원 정도가 모였고 아직 빠듯했다. '빠듯하다'는 건 팽팽한 긴장감 속에 산다는 뜻이다. 그리고 언제 끊어질지 모른다는 불안이 늘 내재했다. 그렇게 산다는 것은 그 자체만으로도 사람을 지치게 했다. 능률도 활력도 갖기 힘들었다.

윤은 내 사정을 눈치챘는지 학비를 빌려주겠노라고 먼저 제안해주었다. 월급으로 천천히 갚아나가면 어떻겠냐고 물었다. 나는 단번에 거절했다. 스무여 벌의 드레스는 캉캉에 어울리는 무대의상으로 전부 수선을 마쳤다. 이제 하는 일이라고는 부자재로 장식 따위를 만들거나 부실한 부분을 손보는 정도였다. 다른 일도 그저 거드는 수준이라 월급날이 오면 괜스레 작아졌다. 더욱이 이곳에서 생활까지 하고 있었다. 학비까지 빚지기는 싫었다. 휴학하는 동안 윤에게 제대로 된 의상을 새로 한 벌쯤 만들어주고 싶었다.

첫 번째 제안을 거절하자 두 번째가 기다리고 있었다. 도담 도예방의 일손을 돕는 것은 어떻겠냐고 윤이 물어왔다. 그곳은 다른 계절에 비해 봄에 바빴고 장의 개인 전시회 준비도 맞물려 있다고 했다. 무작정 거절하기가 난처해 대답을 미뤘다. 윤이 또다시 물어왔을 때도 미적거리고 있었다. 때마침 김이 옆에서 거들어줬다.

"소문일 수도 있지. 하지만 아니 땐 굴뚝에 연기 날 리가 없잖아. 결혼한 지 한 달도 안 돼서 부인을 차로 치어 죽였다며? 갑자기 실종사건도 끊이질 않잖아. 우린 그 사람 꺼림칙해."

윤이 땅이 꺼질 듯 한숨을 내쉬었다.

"아직도 그 말도 안 되는 걸 믿고 있단 말이야? 도희야, 그래서?"

실망이 역력한 눈빛을 한 윤은 입술까지 지그시 물고는 나를 바라봤다. 별수 없이 고개만 끄덕였다. 예전 도롯가에서 내게 소리 지르던 장의 모습을 윤이 봤어야 했는데 아쉬웠다. 물 한 잔을 남김없이 들이켜고는 윤이 다시 입을 열었다.

"그 사람 부인은 레미콘 차량에 치여 즉사했어. 산정리로 올라가는 산길 도로에서 말이야. 나는 사고를 낸 기사에게 그날 직접 들었어. 들어야만 했지. 내 동생의 일이기도 했으니까."

김과 나는 어리둥절했다. 저게 무슨 공허한 농담인가 싶었다. 윤이 다시 한번 목소리에 힘을 실어 단호하게 말했다.

"그의 죽은 아내, 내 동생이야."

도담 도예방에는 오전 열 시에 출근해 네 시가 되면 퇴근했다. 이곳에서도 백만 원 정도를 벌 수 있게 됐다. 수입이 두 배로 껑충 뛴다는 건 짜릿하고 멋진 일이었다. 금세 부자가 될 것만 같았다. 하지만 이토록 찝찝한 아르바이트는 처음이었다.

일하는 동안 생각보다 장과 마주칠 일도, 대화도 별로 없었다. 장은 대부분 시간을 간이 농막에 들어앉아 물레질하거나 뒤뜰에서 유약 바르는 작업을 했다. 어떤 날은 가마에 불을 지피고 온종일 그 앞을 지키고 앉아 있었다. 그의 동선에 나는 배제되어 있었다. 눈에 보이지 않는 선 같은 것으로 서로의 구역을 명확하게 분리해둔 것 같았다. 하지만 점심은 같이 먹었다.

반찬은 물랭루주 냉장고에 든 것과 거의 일치했다. 윤이 나를 위해 가져다 놓는 것과 말이다.

도담 도예방은 인터넷 판매도 병행하고 있었다. 나는 수시로 주문량을 확인하기 위해 홈페이지에 접속했다. 재고가 없거나 부족한 제품에 대해서는 정리해서 퇴근하기 전에 장에게 알렸다. 그 또한 문자로 대신했다. 장이 출근 첫날 이렇게 하도록 지시했다. 같은 공간에서 굳이 문자로 대화한다는 건 이상하기도 하지만 한편으론 편하고 잘된 일이었다. 이런 이유로 우리 사이에는 특별히 대화조차 필요치 않았다.

김은 꼭 점심 먹을 즈음 내게 전화했다. 그때쯤 일어나는 모양이었다. 장에게까지 들릴 정도로 큰소리를 내며 이상한 낌새는 없는지 물었다. 호신용 스프레이 같은 거라도 주머니에 넣고 다니라고 했다. 그때마다 핸드폰 볼륨을 줄이느라 내 손이 바빴다.

만둣집 사장이자 이 마을의 청년회장, 김의 단골손님도 내가 이곳에 취직한 걸 들었다. 그는 큰 충격에 빠진 표정으로 내 명복을 빌어줬다. 그토록 꿀맛이던 만두가 먹기 싫어졌다.

버스정류장에 서 있다가 장과 마주친 적이 몇 번 있었다. 퇴근하는 길이었다. 예전처럼 차에 타라고 권하지 않았다. 본 척도 않고 내 앞을 쏜살같이 지나쳐갔다. 나는 괜히 민망했다.

일한 지 채 한 달이 되기 전에 나는 알아차렸다. 이 마을에서 장은 철저하게 따돌림받고 있다는 사실을.

벽돌 하나가 도예방 안으로 날아들었다. 정면 유리가 산산조각이 났다. 내가 앉아 있던 책상까지 유리 파편이 튀었다.

바깥에는 웬 노인이 서 있었다. 그는 앞면에 크게 '녹시테'라고 써진 녹색 모자를 썼다. '뿌리면 박멸'이라는 작은 글씨도 보였다. 희끗희끗한 머리카락, 주름이 깊게 팬 피부, 약간 구부정한 상체, 누가 봐도 평범한 노인의 외모를 하고 있었다. 나는 벽돌과 노인을 번갈아 쳐다봤다. 그는 선량한 눈빛을 지녔고 연약해 보였다.

벽돌의 출처가 고무나무 화분을 괴는 데 썼던 것임을 알았다. 벽돌 두 개를 나란히 놓고 그 위에 화분을 올려뒀다. 물이 고이지 않고 빠지게 하기 위한 것이었다. 전날 비가 와서 화분을 안으로 들여놓았고 벽돌만 그 자리에 남아 있었다.

노인이 몸을 숙여 나머지 한 개의 벽돌을 마저 집어 들었다. 바로 옆 멀쩡한 유리마저 노린다는 것을 알았다. 그제야 나는 밖으로 뛰쳐나가 노인의 팔을 잡고 늘어졌다. 경찰에 신고하겠다고 으름장까지 놓았다.

보기와 달리 노인은 힘이 셌다. 내가 무슨 말을 해도 눈 하나 깜짝하지 않고 노인은 기어이 벽돌을 던졌다. 다행히 이번 건 유리까지 닿지 못하고 바닥에 툭 떨어졌다.

나는 노인이 치매라도 걸린 건 아닌지 의심했다. 어린 시절, 내가 살던 동네에도 치매 걸린 할머니 한 분이 사셨다. 밤마다 호미를 들고 나와 주차된 차를 내리찍고 다니는 바람에 난리가 났었다.

"너도 뒈지려고 여기 있구나? 이놈을 우리 마을에서 몰아내야 해."

노인이 고함을 질렀고 그 뒤로 자갈 튀는 소리가 들렸다. 장의 차량이 들어오는 중이었다.

노인은 얼른 등을 돌려 마을 앞 도로 쪽으로 걸어가버렸다. 그는 저만치 가다 멈춰서 이쪽을 한참이나 돌아봤다. 장의 반응을 살피기라도 하겠다는 듯.

나는 핸드폰으로 현장 사진을 몇 장 찍었다. 신고하게 되면 증거로 제출할 필요가 있을 것 같았다. 노인이 벽돌을 들 때 동영상이라도 찍어두지 못한 걸 후회했다. 혼자 있을 때 벌어진 일이라 장의 얼굴을 보기가 송구스러웠다.

현장을 보고도 장은 놀라는 기색이 없었다. 짜증은 좀 나 보였으나 무덤덤했다. 빗자루를 가지고 오더니 묵묵히 어질러진 걸 정리하기 시작했다. 그러다 힐끗 나를 보고 다친 곳은 없는지 물었다.

"녹시테라고 써진 모자를 쓴 할아버지였어요. 갑자기 벌어진 일이라 말릴 틈도 없었고요. 제가 사진 찍어놨는데 경찰에 신고할까요?"

"퇴근해요."

퇴근하기에는 너무 이른 시각이라 대답 없이 안으로 들어갔다. 온라인으로 주문 들어온 제품을 포장하던 중에 벌어진 일이었다. 하던 일을 마저 끝마치기로 했다. 장은 어딘가로 전화를 했다. 목소리가 고스란히 안으로 전해졌다. 유리시공 업체에 유리를 주문하는 듯했다.

트럭 한 대가 들어왔고 남자 둘이 차에서 내렸다. 두 사람은 조심스럽게 트럭 뒤에 실려 있던 유리를 들었다. 각자 양 끝부분을 맡고는 엉거주춤 걸어왔다.

시공 중에 두 사람이 나누는 대화를 듣게 됐다. 벌써 이게 몇 번째예요, 하고 한 사람이 말했다. 다른 이는 그러니까 말이다, 하고 대답했다. 정말 그 노인, 치매인가 싶었다.

유리 시공은 금방 끝났다. 여러 번 온 탓인지 자로 잰 듯 정확하게 유리 크기를 제작해왔다. 거기다 자주 해본 솜씨라 수월하게 일을 끝마쳤다. 한 사람이 장비를 챙겨 먼저 차로 돌아갔다. 남은 한 사람은 유리와 창틀 사이의 실리콘을 점검했다. 삐져나온 곳을 찾아 목장갑으로 닦아냈다. 장을 기다리면서 괜스레 그러고 있는 거였다. 장이 안으로 들어오자 그가 말했다.

"저번하고 똑같이 주면 돼."

장도 가격을 이미 훤하게 아는 듯 곧장 돈을 세어 내밀었다. 남자는 앞주머니에 든 담뱃갑을 꺼냈다. 돈을 반 접어 거기다 집어넣었다. 그는 난처한 표정으로 말을 이었다.

"저기 말이야, 앞으로는 딴 데다 전화해서 갈면 좋겠는데……."

"형님!"

폭죽처럼 장의 고함이 터져 나왔다. 나는 괜히 냉장고 문을 열어 안을 살피는 척 딴청을 부렸다.

"유리 갈아주고 올 때마다 아주 내가 죄인이 돼서 그래. 사실 아까도 오기 싫었는데 얼굴 보고 말하지 싶어서. 나는 자네한테 악감정 없다는 거 잘 알지? 그런데 이거 또 내가 유리한 걸 알면 마을 사람들이 말이야. 잘 알잖아. 여기 바닥이 좁아서 금세 소문나고 말 많고……."

장은 출입문을 거칠게 열고 밖으로 나갔다. 실내에는 어, 어, 어, 하며 놀란 기색의 목소리만 다급하게 울려 퍼졌다. 와장창! 유리는 또다시 바닥으로 부서져 내렸다. 다른 사람도 아닌 장이, 새로 한 유리를 향해 벽돌을 내던진 것이다. 남자는 반쯤 얼이 빠진 표정이었다. 그를 향해 장이 소리 질렀다.

"형님네 가게에서 유리 간 적 없으니까 걱정 말고 가요!"

장은 그대로 차를 몰고 나가버렸다. 남자는 받은 돈을 꺼내 머뭇거리더니 진열된 도자기 컵에 꽂아두고 돌아갔다.

퇴근 시간이 한참 지났는데도 장은 돌아오지 않았다. 녹시테 모자를 쓴 노인이 또 가게로 들이닥칠까 봐 두려웠다.

오후 6시가 넘어가자, 구멍 난 유리창을 막을 만한 걸 찾아 헤맸다. 무엇으로든 뚫린 델 막아야지 문을 잠글 수 있었다. 재활용품을 분리해 내놓을 때 쓰던 파란색 대형 비닐봉지를 떠올렸다. 그걸 가져다가 옷감이라도 되는 듯이 재단하고 박스테이프로 이었다.

의자를 끌어다 창 앞에 놓는데 김에게서 전화가 걸려 왔다.

"너도, 윤도, 왜 안 오는 거야? 같이 있니?"

물랭루주에 도착하니 벌써 7시가 넘었다. 윤은 보이지 않았다. 어딜 가서 아직 안 오는 건지 몰랐다. 김과 내가 번갈아가며 윤에게 계속 전화를 걸었다. 그나마 다행인 건 평일이라 관객으로 온 손님이 많지 않다는 것이다. 하지만 김과 내게는 어느덧 습관처럼 굳어진 시간이었다. 그 시각에 무대가 비어 있으니 초조했다.

손님들은 테이블에 앉아 맥주를 마시며 곧 열릴 거라고 믿는 공연을 기다렸다. 여태 이런 적은 한 번도 없었다. 손님이 있든 없든 상관없이 최선을 다해 공연 준비를 했고, 정해진 시간이 되면 무대로 오르던 윤이었다.

윤의 전화는 이제 꺼져 있었다. 그때부터 김은 실종 신고라도 해야 하는 것 아니냐며 안절부절못했다. 나는 '실종'이라는 단어를 듣자마자, 곧장 장이 떠올라버렸다. 분노에 가득 차 새로 설치한 유리를 깨부수고 밖으로 나가 돌아오지 않던 미치광이와 같던 그를! 장에게 전화라도 걸어봐야 하는 것은 아닌지 싶었다.

평소라면 5시쯤 윤은 물랭루주에 도착했다. 혹은 좀 더 일찍 나왔다. 스트레칭도 하고 음악과 춤을 맞춰보기도 했다. 내가 골라 둔 두 벌의 의상과 소품도 확인했다.

어느덧 8시를 훌쩍 넘겼다. 손님들도 하나둘씩 공연이 언제 열리는지 물어왔다. 처음 방문한 손님은 혹시 자신이 시간을 잘못 알고 있는 건지 확인받고 싶어 했다. 김은 테이블마다 서비스 맥주를 한 병씩 돌렸다. 그녀는 안색이 파리했고 반쯤 이성을 잃은 듯 보였다. 이미 김의 머릿속에서 윤은 실종된 것이나 마찬가지였다. 근처에 있는 파출소라도 직접 가봐야겠다고 말했다.

그때였다. 윤과 박 교수가 나란히 가게 안으로 들어왔다. 김은 어떻게 된 일이냐며 두 사람 앞을 가로막고 따지듯 물었다. 박 교수가 침착한 어조로 대답했다.

"몸이 아파서 병원에 데려갔다 왔어요."

"그럼 전화라도 해줘야지. 기다리는 사람 생각은 안 하나? 전화는 또 왜 꺼버리고."

가만히 서 있던 윤은 의상실로 향하며 내게 말했다.

"도희야, 공연 준비 좀 도와줘."

미소를 머금었던 박 교수의 얼굴이 순식간에 일그러졌다. 김은 보지 못했지만 나는 정면에서 그의 표정을 볼 수 있었다. 이어 그는 뭐라고 잠시 중얼거렸다. 그 입 모양을 유심히 살폈고 곧 읽어냈다. 믿기질 않았으나 그는 이렇게 말하는 듯했다.

미친년.

나는 제대로 봤음에도 잘못 본 것이 틀림없다고 생각했다. 박 교수야말로 저급한 언어를 쓸 사람도 아니고, 욕 같은 건 어울리지도 않는 사람이라 믿었다.

"참 걱정이에요. 무리하면 안 된다는데 어쩔 수가 없네요. 저렇게 하고 싶어 하니. 해야죠, 안 그래요?"

박 교수가 김에게 타이르듯 말했다. 그건 사랑하는 여자를 염려하는 다정한 남자의 말투였다.

쇼핑몰 푸드코트는 주말이라 그런지 여느 때보다 붐볐다. 눈으로 훑어 빈 테이블을 찾고 서둘러 그 위에 가방을 올려 자리를 맡았다. 찬찬히 매장들 메뉴를 확인했다. 저번 주에는

'짜짜루'에서 볶음밥을 먹었다. 거긴 '유명 호텔 주방장 경력 30년'이라는 문구가 붙어 있었다. 하지만 맛은 동네 중국집보다 못했으며 가격은 천 원이나 더 비쌌다. 양도 적었다.

'날다 돼지'의 등심 돈가스로 메뉴를 정하고 키오스크 앞에 섰다. 거기서 메뉴 사진을 보니 치즈돈가스가 더 먹음직스러워 보였다. 가격은 몇천 원 더 비쌌으나, 그걸로 주문했다.

15분쯤 지나자 번호가 전광판에 떴다. 나는 튀어 나가듯이 일어나 내 몫으로 준비된 쟁반을 받아왔다. 식기 도구를 챙기며 바로 옆 셀프 바에도 들렀다. 거기에는 리필이 가능하도록 단무지와 밥이 준비돼 있었다. 그릇 위에 꾹 눌러 담았다.

자리에 앉자마자 치즈돈가스의 절반을 썰었다. 가방 안에서 락앤락 통을 꺼냈고 반 토막의 돈가스와 밥이 섞이지 않게 정돈해 담았다. 마지막으로 단무지 몇 조각도 올리고 뚜껑을 닫았다.

그때였다. 누가 내 어깨를 툭 치며 반갑게 내 이름을 불렀다. 나는 소리 나는 쪽으로 고개를 돌렸다. 거기엔 막상 부르려니 이름이 잘 생각나지 않는, 과 동기가 서 있었다. 나는 그 여자를 보면서 탄성 비슷한 걸 터트리며 무작정 웃었다. 이름을 까먹었다는 걸 감추기 위해 지었던 제스처였다.

"도희야, 잘 지냈어? 이번에 복학할 줄 알았더니."

나는 얼버무리면서 락앤락 통을 얼른 가방 속으로 숨겼다. 저녁 식사로 먹기 위해 덜어놓은 건데 들키고 싶지 않았다. 동기는 자연스러운 동작으로 내 앞에 자리를 잡고 앉았다.

"혼자 왔어? 같이 좀 먹을래?"

나는 쟁반을 쓱 밀며 권했다. 동기는 쟁반을 다시 내 쪽으로 밀었다. 남자 친구와 함께 왔는데 지금 잠시 화장실에 갔다고 했다. 또, 그가 이번에 큰 상을 받았다며 스스럼없이 자랑을 늘어놓았다.

"상금도 조금 되거든. 그래서 나 운동화 하나 사준대. 아, 너도 알려나? 우리 과 선배인데, 우리도 여기서 같이 밥 먹으면 되겠다……. 어, 저기 왔다."

동기는 남자 친구를 가리키며 손짓했다. 누군지 궁금해 동기의 시선이 머무는 어디쯤을 바라봤다. 내가 모르는 사람이었다. 그는 이쪽으로 오기는커녕 빠르게 뒤돌아섰다. 동기가 자리에서 일어나며 말했다.

"남자 친구가 좀 낯가림이 있어서. 미안해. 복학하면 그때 같이 밥 한번 먹어."

동기가 저만치 멀어지자 그제야 이름이 생각났다. 우진주! 진주와 남자 친구는 어느새 사라졌다. 돈가스의 치즈는 그사이 굳어버렸다.

일요일이 되면 딱히 할 일이 없었다. 쇼핑몰에 나와 시간을 보냈고 점심을 먹었다. 가방에 빈 통을 챙겨 와 저녁에 먹게 반쯤 덜어서 가져가곤 했다.

지하 2층부터 지상 5층으로 이뤄진 큰 규모의 쇼핑몰은 물랭루주에서 도보로 20분 거리에 있었다. 안은 약간 춥다 싶을 정도로 선선했다. 나는 그 정도로 유지되는 온도가 좋았다. 정처 없이 층마다 누비며 시간을 보냈다. 마네킹들이 입고 있는 신상품을 통해 유행 원단과 패턴을 살폈다. 떠오르는 아이디어가 있으면 수첩에 메모하기도 했다.

5층에는 대형 서점도 있었는데 꼭 들렀다. 읽고 싶었던 책을 매주 조금씩 읽기도 했다. 책은 선뜻 사기가 망설여졌다. 이사를 할 때마다 짐이 됐으므로 내 형편에는 이제 사치품이나 다름없었다. 매달 마지막 주에는 다음 호 잡지가 진열됐다. 대부분 비닐로 포장돼 볼 수 없었지만 내가 관심 두고 보는 「프리즘 웨딩」은 별도로 샘플을 두었다.

5월호 샘플을 손에 들었다. '30th 기념 아마추어 드레스 쇼 디자인 당선작 52p'라는 표제가 눈에 띄었다. 우리 팀은 역시 안 된 모양이라고 생각했다. 어떤 디자인들이 뽑힌 걸까, 페이지를 서둘러 넘겼다.

52p가 펼쳐졌을 때 사진 속 어느 남자와 눈이 마주쳤다. 그는 낯이 익었다. 우진주의 남자 친구이자 우리 과 선배라던 이였다. 그를 포함해 네 사람이 어깨동무를 한 채 찍은 사

진이 실렸다. 그들은 흰 티에 청바지로 옷을 맞춰 입고 약간 과장되게 웃고 있었다. 그 아래 문구가 눈에 띄었다.

'대상 수상 팀 – 주천 대학교 의상 디자인학과'

바로 옆 페이지에는 내 디자인 드로잉이 실려 있었다. 데이지 드레스였다. 눈을 비비고 몇 번을 다시 봤다. 분명 내가 선배에게 넘긴 것, 그대로였다.

파일을 넘기고 나선 그 뒤로 한 통의 연락도 받은 적 없었다. 보내기 전에는 밤낮 보챘으며 수시로 진행 상황까지 확인했다. 마감을 며칠 앞두고 완성된 드로잉을 선배의 메일로 전송했다. 나는 그걸 잊고 지냈다.

선배에게 계속해 전화를 걸었다. 물론 받지 않았다. 그제야 그가 쇼핑몰에서 나를 먼저 알아보고 피했다는 것을 깨달았다. 분했다. 내 디자인을 뺏긴 것보다 그들이 친 덫을 기회라 여긴 나 자신에게 분했다. 며칠 동안 밥 한술도 모래알처럼 껄끄러워 넘기기가 힘들었다. 선배에게 문자도 보냈다. 구구절절하면서도 구차하게. 나도 잡지를 보게 됐고 착오가 있어 내 이름이 빠진 것 같다고. 연락 한번 부탁드린다고. 몇 번을 쓰고 지우고를 반복해 겨우 보냈다.

어느 날 저녁, 선배로부터 장문의 답장이 왔다.

'도희야, 네가 뭔가 크게 착각을 하는 것 같은데. 그건 네 디자인이 아니고 우리의 디자인이야. 우리는 너에게 의견과 아이디어를 제공했고 너는 그걸 옮겨 그린 것뿐이잖아. 그 중요한 사실을 네가 망각하고 있는 것 같아 심히 아쉬워. 또 휴학생은 자격 대상에서 제외더라. 도희야, 분명 넌 이번 기회로 좋은 경험을 쌓았을 거야. 너에게는 아직도 많은 공모전이 기다리고 있어. 훗날 좋은 성적으로 입상하게 될 거라 믿어. 눈앞의 나무가 아니라 숲을 보길 바라며. 항상 널 응원할게.'

선배의 문자를 다 읽고 나자, 나조차 헷갈렸다. 내가 생떼 쓰는 사람처럼 초라하게 느껴졌다. 기회를 제공하고 앞날까지 응원해주는 선배에게 배은망덕을 일삼는 후배 같았다. 참가 자격도 없는 주제에 말이다.

당장 나무 한 그루도 내게는 볼 것이 없다. 그런데 무슨 수로 숲까지 기대할 수 있나. 화가 나면 날수록 두려움도 커졌다. 누가 내 말을 믿어주기나 할까 싶었다. 어깨동무를 한 그들은 팀이고 나는 혼자다. 그들은 한목소리로 말할 것이다. 그 디자인은 네 것이 아니야. 우리 것이지. 중요한 건 우리는 널 끼워준 적조차 없어.

오롯이 나의 디자인이었다고, 나는 어떻게 이를 증명할 수 있을까.

며칠 뒤, 오 교수를 만나러 학교를 찾았다. 그 사람만이 이

억울한 문제의 정답을 찾아줄 것이라 믿었기 때문이다. 나는 또 한 번 그렇게 어리석었다.

복도에는 벌거벗은 마네킹들이 일렬로 서 있었다. 면담을 위해 줄이라도 선 것처럼 보였다. 기말고사를 보기에는 조금 이른 시기였지만 오 교수의 독특한 평가 방식은 원래 이렇게 시작되곤 했다.

그녀는 외국의 유명한 대학에서 패션 디자인학 박사과정을 마쳤다. 그 후, 해외의 내로라할 의류회사에서 다년간 활동했다. 그 때문에 인맥이 굉장했다. 학생들은 앞다투어 그녀의 눈에 들기 위해 노력했다.

우리 과는 입학과 동시에 학생별로 지도교수가 배정됐다. 그에게 학사과정뿐 아니라 취업이나 진로 상담까지 받는다. 나는 다들 고대하는 오 교수의 지도 학생이 됐다. 하지만 그녀는 바빴고 강의 시간 외에는 조심스러웠던 것이 사실이다.

나는 그녀의 연구실 문을 아주 오랜만에 노크했다. 기척이 없자, 한 번 더 힘주어 문을 두드렸다. 그제야 조금은 신경질적인 목소리로 들어오라는 허락이 떨어졌다. 문을 열자마자 나는 깍듯하게 허리를 숙여 인사했다. 책상에 앉아 있는 오 교수는 모니터에 가려 얼굴이 보이질 않았다. 누가 왔는지도 확인할 생각조차 없어 보였다.

"무슨 일?"

나는 이제부터 난처해 바닥만 내려다봤다. 이 사단의 설명을 어디서부터 시작해야 할까 싶었다. 모르는 선배가 교수님이 추천했다면서 제게 함께 팀이 되자고 했어요, 절 빼고 출전해서 대상을 받았어요. 아니다, 가장 중요한 것은 내 디자인이라는 말을 해야 했다.

"거기 좀 앉아."

나는 소파에 앉아 상체를 비스듬히 틀곤 오 교수를 흘깃거렸다. 그녀는 원단 책자를 넘기며 스티커를 붙이고 있었다. 평소와는 달리 안경을 썼다. 나는 잠자코 기다렸다. 제법 시간이 흐른 것 같았을 때 적막을 깨고 그녀가 음……, 하고 소리를 냈다. 안경 너머로 나를 바라보고 있었다. 그 뜻을 알아차리고 '도희요, 임도희입니다'라고 말했다. 그녀에게는 몇 가지 특징이 있었다. 이름을 잘 외우지 못했고 예쁜 여학생을 표 나게 미워했다.

입학하고 얼마 되지 않았을 때였다. 그녀는 내게 '코가 정말……'이라며 말끝을 흐렸다. 뒷말은 결국 해주지 않았다. 못생겼구나, 혹은 자기 코와 비슷하다, 둘 중 하나일 것이다. 살면서 처음으로 코의 덕을 본 순간이었다. 오 교수에게 내 디자인 드로잉을 보이고 조언도 얻을 수 있었으니 말이다.

"네가 왜 온 줄 알아. 대충 들었거든."

"교수님, 그건 제 디자인이에요. 조금 수정되긴 했지만, 예전에 보신 적 있으시잖아요? 혹시 기억 못 하실까 봐 예전에 그렸던 것들 가져왔거든요. 다시 한번만 봐주시겠어요?"

오 교수는 귀찮다는 듯 손을 내저었다. 그리고 말했다.

"물론 알지, 그게 네 디자인이란 거. 그런데 도희야, 너 내가 시험 기간마다 어떻게 평가해왔는지 잊었니?"

오 교수는 시험 기간이 되면 학년별로 3일이라는 시간을 줬다. 그 후, 모델 스무 명을 복도에 일렬로 줄을 세웠다. 그들은 눈코입이 없는 플라스틱 재질로, 우리의 문제지이자 답안지인 셈이었다.

우리는 정해진 기간 안에 어떻게 해서든 한 벌씩 옷을 만들어 마네킹에 입혀야만 했다. 그 수가 한정돼 있었으므로 선착순 점수가 적용되는 셈이었다. 며칠 밤을 꼴딱 새워 지은 옷을 들고 눈물로 호소해봤자 마네킹에 못 입히면 무조건 F였다.

그 기간이 되면, 복도에서는 난투극을 비롯해 상상 초월의 사건들이 벌어졌다. 오 교수는 이런 과열된 분위기를 즐기는 듯 보였다. 네 개의 학년에서 스무 벌씩 총 여든 벌의 옷을 선보였다. 주천 대학교의 학생이라면 누구든 이 시기를 놓치지 않았다. 그 옷들을 구매할 수 있는 경매도 함께 진행됐기 때문이다. 천 원부터 시작되는데, 가장 높은 가격을 제시한 사람이 낙찰받았다. 그 디자인을 자신의 사이즈로 맞춤 제작 받을 수 있었다.

낙찰 가격은 곧 학점이었다. 오 교수는 시험 기간이 끝날 때마다 몇백만 원의 수익을 불우이웃돕기에 성금으로 냈다. 표면적으로는 매우 이상적으로 보이는 이 평가시스템을 두고, 불만의 목소리도 높았다.

학생들은 점수를 위해 돈을 썼다. 지인을 사주해 본인의 의상을 비싼 가격에 낙찰받게 했다. 돈이 많으면 유리한 게임이었다. 오 교수의 답변은 한결같았다. 돈은 또 하나의 능력이다. 억울하면, 억울한 사람도 능력을 써라.

나는 학기 시작과 동시에 옷을 만들었고 마네킹에 제일 먼저 옷을 입히는 학생 중의 하나였다. 나는 돈을 쓸 능력이 거의 제로 수준이었다. 그렇게 해서 B나 운이 좋으면 B+를 획득했다.

"도희야, 내가 왜 그런 잔인한 방식으로 너희를 평가한다고 생각해?"

그 부분에 대해서는 생각해보지 않았다. 유학파니까? 외국에서는 그런 방식으로 하는가 싶었다. 시험문제를 보고 출제 의도를 생각하는 학생이 과연 몇이나 될까. 답을 떠올리기에도 버거운데 말이다. 그것은 출제자 본인이 밝히는 것이 맞다. 우리는 그냥 풀라고 하면 푸는 것이고, 만들라 하면 만드는 것이다.

"원래 패션계가 치열하고도 냉정한 곳이거든."

오 교수가 말했다. 나는 어안이 벙벙했다.

"아뇨, 이름도 모르는 선배가 교수님의 추천을 받았다면서 제게 전화했어요. 그리고 제 디자인 중의 하나로……."

"알고 있다니까. 다시 설명하지 않아도 돼. 그런데? 그래서? 나보고 어쩌라는 말이니?"

"네?"

"그들은 당장 졸업을 앞두고 있어. 바로 취직하려면 이력이 필요해. 넌 이번이 아니어도 되잖아. 이런 일로 학교와 학과 명예에 먹칠하고 싶은 건 아니지? 도희야, 우리는 타인이 입을 옷을 만들어. 그 옷으로 타인을 빛내주는 일을 하는 직업이잖아. 넌 이번에 그 선배들을 빛내는 일을 한 거야."

도대체 무슨 소리를 듣고 있는지 알 수가 없었다.

"교수님, 전 억울해요. 그건 제 디자인이잖아요. 제 것을 빼앗겼어요."

"한번 빼앗긴 것은 되돌린다고 해서 네 것이 아니야."

그제야 난 알았다. 교수님은 내 실력을 보고 선배들에게 추천한 것이 아니었다. 애당초 빼앗기 쉬운 상대로, 나를 골라준 것이다.

"더 치열하게 경쟁해야지. 필요하다면 남의 것도 앗을 수 있어야 해."

건물 밖으로 간신히 빠져나오는데, 전광판이 번뜩거렸다.

'의상 디자인학과 4학년 학생들의 쾌거!'

그날 밤, 나는 고열에 시달렸다.

얼마 지나지 않아, 「프리즘 웨딩」 5월호가 김의 손에도 들려 있었다. 김은 서점에서 잡지를 보자마자 구매했고, 물랭 루주까지 한달음에 달려온 모양이었다. 숨을 가쁘게 내쉬면서 잡지를 펼쳤고, 내게 들이밀었다. 내색하지 않으려 했지만, 결국 모든 사실을 들키고 말았다.

김은 내가 이번 공모전 준비하는 과정을 고스란히 지켜봐왔다. 맨 처음 분주하게 구는 걸 보고 무엇을 하는 것인지 궁금해했다. 나는 같은 과 선배들과 팀을 이뤄 공모전에 나가게 됐다고 알려주었다. 그때 김은 물었다. 팀이라면서 왜 너 혼자만 이렇게 바쁜 것이냐고. 일정이 촉박해 내 디자인 중 하나로 결정됐다고 답했다. 직접 교수님께서 나를 선배들에게 추천했다는 말도 자랑스럽게 덧붙였다.

이전에 그려둔 디자인을 규격에 맞춰 좀 더 세밀하게 옮겨 그렸다. 그게 완성되기를 김은 제 일처럼 초조하게 기다렸다. 이전 그림에서 변화를 준 것이라면 치맛자락의 장식뿐이다. 작은 리본 장식을 데이지로 바꿔 달았다. 이건 김의 의견이었다. 리본은 흔하고, 데이지는 청순해. 나는 그 의견을 참고해 그렇게 최종 디자인을 완성했다.

김이 잡지로 테이블을 내리치면서 화를 냈다.

"왜! 네 디자인인데, 네 이름만 빠졌어! 대체 왜!"

그동안 참았던 설움이 북받쳤다. 나는 아무 말도 하지 못하고 소리 내 한참을 울기만 했다. 김은 내가 이 사실을 알고 있었다는 것에 더 기막혀했다.

오해와
후회에 관하여

벌에 쏘였다는 걸 전혀 몰랐다. 도예방 입구 작은 화단에는 금계국이 피었고, 온종일 벌들이 그 주위를 윙윙거리며 바쁘게 오가는 걸 보긴 했다. 하지만 나와는 별다른 생태계였다. 꽃과 벌의 세계는 내겐 그저 한 폭의 풍경 정도로 보였다.

여느 날처럼 택배로 부칠 물건을 출입문 앞 데크에 옮기다가 살짝 따끔한 기분을 맛보았다. 잠시 그러고 말았기에 별생각도 없었다. 나는 그들의 식생에 영향을 끼치지도 그 어떤 위협을 가하지도 않았다. 왜 아쉬운 목숨을 다해 나의 볼에 자신의 침을 꽂았는지 모르겠다. 어쨌든 벌에 쏘여본 건 처음 있는 일이었는데, 그 사실도 점심을 먹던 중에 장이 말해줘서 알게 됐다.

양치질하다 거울을 봤고 조금 놀랐다. 한쪽 볼이 심각하게 부어올랐다. 이렇게 둔할 수가 있나 싶었다. 화장실 밖으로 나오는데 맞은편 가마터에서 장이 손짓했다. 자신이 보기에도 내 상태가 썩 좋아 보이진 않았던 모양이다.

장은 햇볕에 비춰 보며 내 얼굴을 이리저리 살폈다. 나는 눈이 부신 척 괜히 인상을 찌푸렸는데, 민망해서 그랬다. 누가 들여다봐주자 아무렇지도 않았던 볼이 욱신거렸다. 장은 가마터 그늘에 나를 앉혀놓고 신용카드를 이용해 내 볼을 두어 번 긁어냈다. 나는 이게 뭐 하는 짓인지 의미를 물어보려 했으나, 장은 이미 저만치로 성큼성큼 사라져버렸다. 나중에 알고 보니 벌에 쏘였을 때 하는 응급처치 중의 하나였다.

일한 지 몇 개월이 지났으나 나는 가마터 근처에는 발길도 하지 않았다. 그 때문에 낯설었다. 철제구조물에 지붕만 얹어놓은 개방된 공간이었다. 그 옆에는 간이 농막 비슷한 구조물을 추가로 설치해 작업실 겸 사용했다. 이 두 공간은 어디까지나 장에게만 필요한 공간이었으므로 나는 그저 멀찌감치 서서 쳐다만 본 게 전부였다.

합판으로 만든 선반에는 건조 중인 작품들이 놓여 있었다. 그 뒤쪽으로는 어딘가 형태가 찌그러지거나 깨진 것을 버려둔 게 보였다. 그 무더기를 보면서, 인간이 도자기라 치면 난

저기 있겠구나 싶었다. 그 옆으로 이름 모를 도구들이 바닥에 널브러져 있었다. 나는 이리저리 훑어보다가, 결국 발견하고 말았다.

믹서였다. 그 소문으로만 듣던 믹서가, 정말로 가마터에 어색하게 자리 잡고 있었다. 김의 단골손님이 말했다. 시신을 가마에 넣고 화장한다. (참고로 가마 온도는 소나무 장작만으로도 1,300℃를 넘기곤 한다) 뼈도 못 추릴 정도의 화력에도 겨우 남은 뼈, 그 뼈를 믹서에 갈아 아예 흔적을 없애버린다. 실종된 여자는 모두 죽었고 시신이 없는 이유는 바로 여기에 있다. 흙을 납품하던 이도 믹서에 들어 있던 따끈따끈한 뼈 몇 조각을 보고 기겁하지 않았다던가.

손에 풀 잎사귀를 한 줌 쥐어 들고 내 쪽으로 오는 장이 보였다. 머리털이 쭈뼛 섰다. 장은 내 앞에 바짝 다가서더니 주머니에서 뜻밖의 물건을 꺼냈다. 칼이었다. 일명 맥가이버 칼이라고 부르는 빅토리녹스 칼! 십여 가지가 넘는 멀티 툴 기능으로 유명한.

장은 접혀 있는 여러 툴 중에서 6cm의 칼을 펼쳤다. 빅토리녹스의 제작 기술 중에서도 단연 돋보이는 그 툴! 면도를 할 수 있을 정도로 예리한 것이 특징이라고 했다. 나는 의자에서 솟아오르듯 일어섰다.

나보다 장이 더 놀라는 눈치였다. 하지만 장은 금세 평정을 찾았고, 할 일이 뭔지 깨달은 듯 손에 쥔 풀의 중간을 칼로 댕강 베어냈다. 그러자 하얀 진액이 피처럼 묻어났다.

"꿀벌에 쏘였을 때는 엉겅퀴즙을 바르면 가라앉아요. 나도 여러 번 쏘여봐서……."

장의 손에 든 풀 잎사귀가 내 볼 부근에 닿았다. 나는 꽁꽁 얼어붙었다. 그와 반대로 내 안에서는 무언가가 녹아 흐르는 중이었다. 그의 숨소리가 곧장 내 귀에 전달될 만큼 우리는 가까웠다. 나는 용기를 내기로 했다.

"뭐 하나만 물어봐도 돼요?"

장이 나를 빤히 쳐다봤다. 나는 그것을 허락의 의미로 읽었다.

"저 믹서 말이에요."

한동안 대답 없이 그는 고개를 끄덕이기만 했다. 그 고갯짓은 마치 네가 생각하는 것이 다 맞아, 하는 듯했다. 괜히 물은 건 아닌지 싶었고 장의 대답이 살짝 두려워졌다.

"아, 그거 소문대로 뼛가루 내는 데 써요. 아주 잘 갈리거든요. 무슨 뼈든."

장의 말을 듣고 나는 얼이 빠졌다. 하지만 이미 시작한 걸 멈출 수는 없었다.

"뼈라뇨?"

장의 손에 여전히 들린 칼이 신경 쓰였다. 칼은 햇빛에 반사돼 더욱 날카롭고 섬뜩하게 보였다. 내 심각한 표정이 재밌기라도 한 건지 장은 마구 소리 내 웃어댔다.

"소뼈를 가루 내는 데 써요. 도자기 만들 때 흙에 섞어 쓰거든요. 전문용어로 본 애쉬라고 하는데……. 이상하게 들릴지 모르겠으나 널리 쓰이는 방식 중 하나예요. 그럼 더 단단하면서 가볍고 색상도 잘 나오거든요. 이런 방법으로 만든 도자기를 본차이나라고 하고요."

대부분 영국산 본 애쉬를 사용했다. 그러다가 장은 직접 만들어 쓰기 시작했다. 자신만의 스타일을 찾는 중이라고 했다. 수분을 날리기 위해 소뼈를 직접 가마에 굽고, 망치로 부수고, 또 믹서로 가루 내고……. 번거로운 작업임은 틀림없었다. 덕분에 이상한 오해까지 덤으로 추가되고 말이다. 그도 소문에 대해 익히 알고 있는 듯했다.

"내가 여기 터를 구매하고 자리 잡게 되면서 마을 주민들과 사소한 문제가 생겼어요. 그로 인해 몇 차례 언쟁도 피할 수 없었고요. 결국에는 이렇게까지 돼버렸지만."

몇 해 전, 장은 전통 가마를 설치하고 도예방을 운영할 만한 곳을 찾아다녔다. 발품을 팔아 지금의 이 대지를 매입했다. 땅 주인은 출향인사였는데, 마을에는 무상사용을 약속해 놓고 뒤로는 장에게 판매했다. 마을은 그 부지를 기부하는 조건으로 국비를 지원받아 마을회관 겸 문화센터를 건립하기로 돼 있었다. 주민들의 항의는 장에게로 향했다. 오래전부터 장과 알고 지낸 이들마저 동참했다. 끝내 마을의 숙원 사업은 무산됐고 그로 인한 주민들의 분노는 활활 타올랐다.

영문도 모른 채 땅을 매입했다가, 장은 언제 사그라질지 모를 미움을 받게 된 것이다. 장은 아내와 함께 화단에 금계국도 심고 수강생도 맞이하느라 한동안 바빴다. 하지만 주민들의 눈은 늘 신경 쓰였다. 부부는 온 힘을 다해 오해를 풀고 관계를 회복하려 노력했다. 가마 공사가 완성됐을 무렵, 사고로 아내를 잃고 말았다.

장이 초점 없는 눈으로 내게 말했다.

"아내가 죽은 뒤로는 누가 나를 미워해주길 바랐어요. 스스로 감당이 안 될 정도로 내가 너무 미웠거든요. 그때부터 그냥 내버려뒀을 뿐이에요."

나는 할 말을 한참 동안 찾지 못했다. 괜스레 벌에 쏘인 자리를 쓰다듬으며 우두커니 서 있을 뿐이었다. 가슴 언저리도 벌에 쏘인 것은 아닌지, 오래 욱신거렸다.

오해의 장막이 걷히자 모든 것이 다르게 보였고, 또 다르게 보이는 대로 해석됐다. 마당 한쪽에 방수포로 덮인 작은 언덕 같던 걸 보고 나는 상상하곤 했다. 젠가처럼 쌓아 올려진 몇 구의 여자 시신을 말이다. 그 속에는 알맞은 크기로 잘

다듬어진 소나무 장작이 차곡차곡 쌓여 있을 뿐이었다.

장은 앞마당의 장작을 손수레에 실어 뒤뜰 가마 근처로 옮기는 중이었다. 6월인데도 한낮은 한여름처럼 푹푹 쪘다. 장도 서너 번 정도 옮기고 나선 힘든지 잠시 서서 이마의 땀을 닦아냈다.

냉동실에서 얼음을 꺼내 투명한 유리잔에 몇 개 넣었다. 얼음이 잔의 표면에 부딪히며 경쾌한 비명을 질렀다. 커피믹스 세 개에 따뜻한 물을 부어 잘 저어 녹였다. 그다음 얼음이 담긴 유리잔에 부었다. 잔에 작은 물방울들이 맺혔다.

장이 여전히 앞마당에서 장작을 싣는 걸 확인했다. 살며시 뒤뜰로 나가 성큼 장의 영역을 침범했다. 나는 의자 위에 냉커피가 담긴 유리잔을 내려놓고 다시 안으로 들어왔다. 창가에 서서 장이 내 호의를 발견하기를 기다렸다.

나는 여전히 김의 단골손님들과 치킨도 먹고 만두도 먹었다. 이전엔 그랬는지 몰라도 지금은 그저 배를 채우기 위한 게 아니었다. 더는 장이 미움받지 않았으면 싶었다. 아무리 본차이나에 대해 거룩하게 설명을 해줘도 그들은 한 귀로 듣고 한 귀로 흘렸다. 계속해서 장은 젊은 여자들을 납치해 죽이는 살인범일 뿐이었다. 내가 증거를 대보라고 소리라도 치면, 그들은 그가 소나무 장작으로 시신을 화장하고 믹서로 그 뼈를 갈아버린다고 강조했다.

어느 날부터는 본차이나 방식까지 더해졌다. 사람의 뼛가루로 그릇을 만든다는 기이한 발상이 보태져 소문이 커졌다. 이렇듯 내 노력은 부작용만 낼 뿐이었다. 마을 입구에는 플래카드가 나붙기도 했다. 흰색 천에 래커로 갈겨쓴 글귀였다.

'살인공장 도담 도예방을 용두마을에서 철거하라!'

나는 가위를 들고 나가 플래카드가 묶인 줄을 잘라버렸다. 녹시테 모자를 쓴 노인이 삽을 든 채 나를 쫓아오기도 했다. 달리기만큼은 자신 있었다. 유리창을 향해 던질 만한 물건을 모두 치웠다. 기습적인 공격에 대비해 제품을 진열하거나 포장하는 와중에도 항상 밖을 주시했다.

하지만 신규 수강생 모집은 거의 불가능해 보였다. 기존 수강생 두어 명만 겨우 남았다. 예전에는 학교나 기관에서 단체 체험 문의도 있었다는데, 씨가 말랐다. 장은 개인 전시회 준비에만 집중하겠노라고 했다. 애써 괜찮은 척했지만, 그는 불 앞에서 몇 시간째 넋을 놓고 있기도 했다. 그 모습을 보고 있노라면 내 마음이 타들어 갔다.

어느 날부터 잠들기 전에 장을 떠올리는 일이 많아졌다. 한 번씩 아버지가 오버랩되기도 했는데, 그 이유는 나도 몰랐다.

장은 일상이야말로 흙으로 빚은 그릇과 같다고 말했다. 생각지도 못한 순간 금이 가고, 이가 빠지거나, 바사삭 깨져버리기도 하니까. 일상이 어그러져버리는 순간, 삶은 이전과는 전혀 다른 방향으로 번진다고 덧붙였다. 예고편 없는 본편! 연습 따윈 용납해주지 않는, 그래서 후회를 안고 살고야 마는, 그것이 삶의 속성이라고.

　장을 떠올릴 때마다 검은 토끼가 천장을 뛰어다녔다. 나는 그때마다 마음이 슬퍼져 눈을 감았다.

　모든 일이 그랬다. 아주 사소한 것에서 시작돼 엄청난 것으로 끝나버렸다. 장은 도로 위에서 검은 토끼를 한 마리 발견했다. 그것이 시작인 셈이었다. 어쩌면 '소나무 장작만을 고집했다'가 그 시작일 수 있다. 어쨌든 장은 소나무 장작을 지속해서 구할 곳을 수소문했고 아내와 함께 드라이브 삼아 산길 도로를 달려가고 있었다.

　인적 드문 2차선 도로였다. 저 멀리 도로 한가운데 검은색 물체가 긴 귀를 팔랑이고 있는 모습이 눈에 들어왔다. 장은 검은 토끼라고 아내에게 일러줬다. 아내는 곧 차를 세워주길 부탁했다. 토끼가 어딜 다친 건 아닌지 확인해보고 오겠다며. 토끼가 놀랄까 봐 조금 거리를 두고 차를 멈췄다. 통행이 잦지 않은 도로였으므로, 비상등만 켠 채 아내를 기다려줬다.

장은 아내가 도로에 쭈그리고 앉는 것을 바라봤다. 토끼의 상태를 관찰하는 듯 보였다. 잠시 하늘로 시선을 옮겼다. 먹구름이 드리운 것을 확인했고 곧 비라도 한바탕 쏟아질 것 같다고, 장은 생각했다.

그 순간이었다. 장의 옆으로 빵, 하는 경적과 함께 빠른 속도로 레미콘 차량이 추월해 지나쳐갔다. 레미콘 차량과 아내 그리고 검정 토끼는 서로를 미처 확인하지 못했다. 결혼식을 올린 지 한 달도 채 되지 않은 어느 날의 일이었다.

"그런데 말이에요, 검은 토끼가 아니었어요. 그건 누가 도로에 버려놓은 쓰레기였다고요. 검정 비닐봉지에 넣어진 쓰레기! 그 매듭 부분이 바람에 흔들거리는 것을 토끼 귀로 본 거예요. 내가 그걸 토끼로 착각하는 바람에 아내를 죽게 했다고요. 세상에나! 상상이나 할 수 있어요?"

그의 절규 속을 뛰어다니는 검은 토끼. 매번 그걸 잡으러 다니다가 나는 잠들었다. 검은 토끼는 아침이면 온데간데없이 사라졌는데, 때때로 장의 눈동자 안에서 그 행방을 찾곤 했다.

라 비다 브레베 중 스페인 무곡 1번이 스피커에서 흘러나왔다. 윤은 단숨에 압생트 잔을 비웠고 무대 위로 흘러들었다.

여느 때의 도발적인 분위기가 아니었다. 차분했다. 그동안 봤던 공연 중에서 가장 윤과 빼닮은 무대였다.

윤은 한쪽 다리를 수직으로 올리고 한 손으로 발목의 어디쯤을 잡았다. 이전의 다른 곡들을 출 때보다 선회하는 속도가 느려서일까, 서글퍼 보이는 몸짓이었다. 어쩌면 제목의 뜻을 알아버려서 그럴지도 모른다고 생각했다. 윤은 가볍게 발을 구르더니 공중으로 사뿐, 발을 차올렸다.

고요한 바다 위로 떨어지는 빗방울이 떠올랐다. 수면에 파문을 일으키지만, 곧장 물결이 돼 일렁이고 마는. 빗방울 같았던 윤은, 어느새 파도가 되어 무대 위에서 일렁였다.

나는 언젠가 윤에게 물은 적이 있다.

"왜 캉캉만 추는 거예요?"

"배운 게 캉캉뿐이거든."

"물랭루주 댄서가 되겠다는 꿈은 언제부터였어요?"

"우연히 텔레비전에서 물랭루주 댄서들을 봤어. 저렇게 멋지게 살 수도 있구나. 그 순간부터 줄곧."

"정말 그곳으로 떠날 거예요?"

"모든 준비가 다 되면."

이제 곧 윤이 떠날 것 같다는 생각이 들었다. 윤의 몸짓은 그 어느 때보다 가볍고 정교했다. 윤의 것, 윤 자기만의 것을 찾은 듯 보였다. 그 때문인지 의상도 더 빛을 발하는 것 같았다. 늦은 시간까지 잠을 쫓으며 심혈을 기울여 만든 의상이었다.

어느 날 윤은 내게 이 음악을 들려줬다. 자신이 듣고 있던 이어폰을 슬그머니 건넸다. 감미롭고 섬세한 느낌의 바이올린 연주가 흘러나왔다. 윤은 이 음악에 맞춰 안무를 준비하는 중이라고 했다. 나는 그에 어울릴 만한 의상을 만들기로 마음먹었다. 단출하면서도 고급스러운 캉캉 드레스를 디자인했다.

치맛자락이 자르르 떨어지는 A라인 형태의 긴 드레스를 구상했다. 윤이 평소에 즐겨 입는 옷의 형태에서 착안했다. 실크 소재를 사용했는데 그걸로는 부족한 듯 보여 시폰 원단을 추가로 사용했다.

시폰 원단은 왼쪽 허리 부근에 덧대어 박음질했고 바닥으로 길게 내려뜨렸다. 춤을 추는 동안 동선에 방해되지 않도록 신경 썼으며 펼쳤을 때 날개처럼 보였으면 했다. 왼쪽 다리를 대신할 날개를 달아주고 싶었다. 윤은 춤을 추는 내내 이런 나의 바람을 잘 살렸다.

1차 가공된 드레스를 윤에게 입혀 점검하며, 나는 라 비다 브레베의 뜻을 물었다. 윤은 치맛자락을 기분 좋게 한 손으로 쓸어내리며 이렇게 말했다.

"허무한 인생."

관객들의 박수가 터져 나올 무렵이었다. 목사님에게 전화가 걸려 왔다. 목사님은 아버지에 관해 긴히 할 말이 있다고 했다. 나는 김에게 통화하고 오겠다며 주방으로 들어갔다. 아버지라는 단어를 듣자, 겨우 떼어낸 불행이 다시 내 뒷덜미를 붙잡는 것 같았다. 아무도 없는 곳에서 이 부끄러운 이름을 떨쳐버리고 싶었다.

아버지는 뻔했다. 좁은 방구석에서 밤낮 술만 마실 것이다. 술기운에 사람들에게 시비 걸거나 신을 조롱하겠지. 동네의 애물단지라고 사람들에게 눈총받으며, 그렇게 살 것이다. 이제는 지겨워진 이런 이야기나 하자고 내게 전화한 건 아닐 텐데. 순간 직감했다. 아버지가 무슨 사고를 치고 말았구나. 나는 머릿속의 혼란이 고스란히 담긴 텅 빈 목소리로 물었다.

"아버지가 무슨 일을 저지른 거군요?"

"네 아버지에게 무슨 일이 생긴 것 같다."

하늘에 계신 아버지가 나의 아버지 기도에 응답하신 걸까, 생각했다.

"무슨 일이 생기다뇨?"

"교회에 매일 나와서 기도하고 술도 마시질 않아. 사람들에게도 어찌나 반갑고 살갑게 인사하는지."

머릿속으로 계속 통장 잔고만 되짚고 있었다. 누군가의 이를 부러뜨렸다거나, 물건을 망가뜨려 배상해 줘야 한다는,

그런 것만 예상했다. 그로 인해 나에게 미칠 피해액이 얼마나 될지 마음을 졸였다. 그런데 이게 다 무슨 소리인가.

"아버지가요?"

"그래, 그래서 네가 와봐야겠어."

목사님의 말투는 어둡고 축축했다. 그제야 지금까지와는 전혀 다른, 단 한 번도 목격해보지 못한 거대한 불행이 기다리고 있음을 직감했다. 아버지에게 당장이라도 가봐야겠다고 생각하는 한편, 불행에 조금이라도 늦게 당도하는 방법을 찾고 있었다.

나는 그 전화를 받고 한 달이 더 지나서야 겨우, 아버지에게 갔다.

빈집에서 몇 시간 동안 아버지를 기다리다가 집 근방을 기웃거렸다. 나를 알아본 이웃들이 아버지 소식을 넌지시 건넸다. 내 눈으로 보기 전까지는 믿고 싶지 않았다. 때마침 아버지가 저 멀리서 오고 있었다. 자전거 페달을 활기차게 밟으며. 나는 불행이 점차 가까워져 오는 것을 멍하니 바라만 봤다.

아버지는 나를 보고도 못 본 척 지나쳤다. 보다 못한 사람들이, 왕제비, 하고 아버지를 불러 세웠다. 다 낡아빠진 집배원 가방을 어깨에 멘 아버지. 거의 일 년 만의 재회였다. 달라져도 너무 달라져 있었다. 검은 머리보다 흰머리가 더 많아졌고 한층 더 수척했다. 하지만 깔끔한 차림새였다. 정말 술은 입에도 대지 않는 듯 보였다.

아버지는 내가 한 번도 들어보지 못한 이름으로, 나를 불렀다. 곧 가방 속을 뒤적여 흰 봉투 하나를 내게 건넸다. 이웃들은 우리 부녀만 남겨두고 서둘러 사라져버렸다.

봉투에는 받는 사람도, 보내는 사람도, 아무것도 적혀 있지 않았다. 심지어 빈 봉투였다. 그걸 마치 내게 온 우편물이라도 되는 듯 건네는 아버지. 그의 가방 안에는 미처 배달하지 못한 수백 장의 빈 봉투가 들어 있었다.

"집에 기다리는 사람이 있어서 이만 가볼랍니다."

나에게 꾸벅 인사를 건네고 아버지는 다시 자전거 위로 올랐다. 아버지의 등은 땀에 흥건히 젖어 있었다. 나는 급히 아버지의 팔을 붙잡으며 물었다.

"집에 가면 누가 있는데요?"

아버지는 나를 이상한 사람이라는 듯 바라봤다. 나는 한 번 더 물었다.

"기다려요? 누가요?"

"우리 딸이랑 마누라."

"딸이요?"

"참 바쁜 사람 붙잡고 쓸데없는 것만 묻네. 우리 딸이 세

살인데 내가 올 때까지 밥도 못 먹어요."

아버지는 자전거 페달을 힘줘 밟기 시작했다. 가다가 멈춰 어느 집 편지함에 빈 봉투를 넣고 있었다.

그 건너 공터에서 아버지가 멈춰 섰다. 나는 그곳으로 너 털너털 걸어갔고 다시 아버지와 마주쳤다. 아버지는 망연자 실한 표정으로 검게 출렁이는 바다를 내려다보고 있었다.

우리 세 식구는 예전에 이 자리에서 살았다. 오래전에 그 집은 헐렸고 지금은 공용 주차장으로 사용되고 있었다. 여 기 살 때 저녁을 먹고 나면 우리는 함께 바다를 내려다보곤 했다.

"분명 여기가 우리 집인데……."

나는 입을 막고 울음을 삼켰다. 곧이어 아버지는 공터 주 변을 자전거로 빙빙 돌기 시작했다. 그렇게 돌다 보면 어느 순간 집이 생각날까. 엄마도 없고, 자개농도, 드레스도 불타 버린, 이제 그 딸도 떠나버린.

지금의 집을 차마 내 입으로 알려줄 수가 없었다. 나는 아 버지를 남겨둔 채 혼자 달아났다. 뒤에서 아버지의 외침이 들렸다.

"도희야! 도희 엄마!"

파도 소리가 곧 그 절규마저 집어삼켰다.

유리 테이프로 다시 생명을 얻은 수십 장의 의상 디자인

드로잉이 내 침대 위에 놓여 있었다.

그동안 생각날 때마다 틈틈이 그려온 것들이었다. 갈가리 찢어 휴지통에 처박아 버린 내 꿈을, 다시 끄집어내 숨을 불어넣은 사람이 누군지 알 만했다.

아버지를 그렇게 만나고 돌아와서, 가장 먼저 드로잉 스케치북을 꺼내 들었다. 그러고는 남김없이 찢어버렸다. 학교로 돌아가겠다는 생각도, 의상 디자이너라는 허황한 꿈도, 한번쯤은 남들처럼 평범하게 살아보겠노라는 망상도, 모두 관두기로 했다.

도예방에서 퇴근해 와보니, 윤이 창가 소파에 앉아 기다리고 있었다. 내 안의 모든 소망을 찢어 없애버린 밤, 윤에게 문자를 보냈다. 일을 그만두고 집에 내려가야겠다고. 놀란 윤은 당장 전화했다. 나는 두서없이 상황을 전했고 결과적으로 아버지를 돌봐야 한다고 말했다.

윤은 더 생각해보고 다시 이야기하자고 했다. 시간이 지날수록 윤에게 내 이야기를 한 것이 창피했다. 그러면서도 모처럼 홀가분한 기분을 느꼈다.

나는 사춘기 소녀처럼 행동했다. 윤이 공들여 테이프로 이어놓은 디자인 드로잉을 또다시 휴지통으로 집어 던졌다. 그러고는 미안한 기색도 없이 윤 앞에 앉았다. 실은 모든 걸 포기할 자신이 없어 초조했을 뿐이다. 그런 마음을 들키기 싫었다.

"지금 네 심정이 어떨지 전부 이해할 수는 없어. 하지만 그렇다고 이렇게 다 관두겠다는 식은 곤란해. 도희야, 함께 방법을 생각해보자."

나는 그 꿈결 같은 말이 너무 포근해서 마음 놓고 윤에게 더 화를 쏟아냈다. 지금까지 살면서 그 누가 내 짐의 무게에 관심을 가져줬던가. 내 몫, 오로지 내 몫일 뿐이었다.

"상관하지 마세요. 제 일이잖아요."

"네가 집으로 돌아간다고 아버지가 나아지시진 않아. 요즘 좋은 시설도 많고, 알아보면 금방 찾을 수 있어. 넌 다시 복학도 해야 하고, 학업을 포기하기에는 네 재능이 너무 아까워."

"그 재능으로 뭘 할 수 있는데요? 남들에게 좋은 기회나 제공하고 말겠죠. 저는 제 디자인을 제 것이라고 밝히지도 못해요. 저한테는 그럴 기회조차도 없거든요. 이제야 그걸 깨달았을 뿐이에요."

그 참혹했던 사건 이후 내 안에는 싱크홀이 생겨버렸다. 가끔 그 안에서 손 하나가 튀어나와 나를 끄집어당기면 속수무책으로 끌려 들어갔다. 절망의 심연으로.

"한번 그런 일을 겪었다고, 영원처럼 믿는 건 네 잘못이야. 네게는 분명 또 다른 기회가 찾아올 거야."

"기회라뇨? 전 오래전에 이미 망쳤어요. 그런데 제가 그걸 인정하기 싫었던 거예요. 사장님은 동네 사람들이 바보라고 부르는 엄마 있어봤어요? 이제는 아버지까지 치매라네요? 아등바등 살아봐야 저는 좀 더 비참해질 뿐이에요. 남들처럼 살 수 없다고요. 전 차라리 사장님이 부러워요. 저도 다리 하나 병신 되고 다른 것들이 괜찮을 수 있다면, 기꺼이! 사장님처럼 마음껏 꿈도 꾸고, 하고 싶은 것도 하며 살게요. 남들이 어떻게 생각하든 말든."

　누구나 살면서 가슴 속 깊이 후회하는 일들이 있다. 나는 그날 그 몇 가지 일을 한꺼번에 저질렀다. 분노의 대상을 잘못 선택했고, 이를 잘 알면서도 멈추지 못했다는 것. 또 하나는, 영락슈퍼 아줌마가 했던 그 말을 흘려들었다는 것이다. 윤에게 알량한 심정을 터트리고 물랭루주를 뛰쳐나왔을 때, 영락슈퍼 아줌마는 다급히 나를 불러세웠다. 그러고는 꽤 심각한 표정으로 분명 이렇게 말했다.
　"그 박 교수라는 사람 말이야. 좀 이상한 것 같아."

망상이라는
껍데기 속에

통역하던 대사관 직원이 낮게 신음을 토해냈다. 두 언어를 오가며 가교 구실을 하던 그의 변화에 프랑스 조사관들은 긴장한 눈치였다. 나는 칠이 벗겨진 침대 모서리를 가만히 응시했다. 침묵이 진득하게 병실에 내려앉았다. 여지없이 밀려드는 감정에 숨 쉬기가 어려울 만큼 가슴 언저리가 답답했다.

"락앤락 통에 들어 있던 게 그러니까……."

대사관 직원은 말을 다 잇지 못했다. 그의 눈빛은 미세하지만 떨리고 있었다. 그는 곧 차분한 표정으로 자신의 임무를 이어가고자 했다. 프랑스 조사관들을 의식한 행동이었다. 하지만 꾸며낸 평정심은 그의 떨리는 말투에서 이내 들통났다.

"락앤락 통에 들어 있던 게 당신이 이야기하는 윤, 정말 그녀란 말입니까?"

내가 입을 열기도 전에, 프랑스 조사관들의 입술에서 가느다란 한숨이 새어 나왔다. 선임 조사관은 성호경을 긋고 천장의 어디쯤을 바라봤다. 후임 조사관은 자기 이마를 짚은 채 천천히 고개를 가로저었다. 곧이어 세 사람의 시선이 약속이라도 하듯 도로 나에게로 향했다.

이미 명백한 결말이 정해져 있음에도 그들은 여전히 답을 구했다. 마지못해 듣기 시작해 이젠 진심으로 경청하는 그들의 태도 때문에 이야기를 빚진 기분마저 들었다. 나는 그들의 눈을 보며 상상했다. 아라비안나이트의 셰에라자드처럼 내일 이어서 들려드릴게요, 하며 결말 없이 천 하루의 시간을 버티는.

이제 남은 이야기라고는, 차라리 꿈이었으면 하는 것들뿐이었다. 나는 입을 달싹였으나 한마디도 더 내놓지 못했다. 목구멍으로 무언가 울컥 하고 넘어오는 바람에 아랫입술을 깨물고 버텼다. 병실 안의 모든 게 잠시 멈춘 듯했다. 정지 화면처럼 그랬다. 시간도, 상념도, 무거운 한숨과 함께 가라앉아버렸다.

그들이 궁금해하는 걸 말해줘야만 했다. 불어를 공부하고 매일 무대에 오르며 파리의 물랭루주 댄서가 되겠다고 말하던 여자, 그 여자는 왜 흰 가루가 돼버렸는지. 한시도 꿈을 잊은 적 없다고 말하던 윤, 나는 윤을 영영 잃어버렸다.

"하루는 엉망이 된 얼굴로, 윤이 나타났어요."

대사관 직원은 머무적대며 몇 마디의 불어를 내뱉었다. 이어 그는 숨을 천천히 들이쉬었다. 출발선 앞에서 신호를 기다리는 선수처럼. 저 앞에 보이는 결말을 향해 온전히 듣고 온전히 전달할 준비가 됐다는 의미처럼. 나는 무릎을 끌어안고 몸을 동그랗게 말았다. 그렇게라도 부여잡지 않으면, 나는 이내 부서져 내릴 것 같은 심정이었다.

***

김은 윤의 메이크업을 도왔다. 아무리 덧발라도 얼굴의 상처와 멍 자국은 지워지지 않았다. 윤은 발을 헛디디는 바람에 넘어졌다고 했다. 그렇게 생긴 상처치고는 지나쳤다. 윤은 그 한마디 말만 하고는 내내 함구했다.

의상을 갈아입는 모습을 보고 곧 알아차렸다. 명백한 거짓말이었다. 우리에게 들키기 싫었을 수도 있고, 일을 크게 만들고 싶지 않았을지도 몰랐다. 혹은 이미 그런 데 익숙해져버려 용기를 낼 생각도 못 했을지도.

나는 윤의 근처를 맴돌기만 할 뿐 아무 말도 건네지 못했다. 윤에게 남의 일에 신경 쓰지 말라며 화를 낸 게 얼마 전 일이었다. 내심 윤이 또다시 내 걱정을 해주길 기다렸다. 비기는 척하며 나도 윤을 맘 놓고 걱정하고 싶었다.

김은 신경이 잔뜩 곤두서 있었다. 내게는 정신 사나우니, 밖에 나가 손님들이나 살피라고 했다. 윤에게는 병원도 좀 다녀오고 쉬는 게 낫겠다며 무대에 올라가는 것을 말렸다. 하나 마나 한 말이었다.

캉캉 무대가 시작됐고, 김은 윤의 춤을 보는 내내 입을 쉬지 않았다.

"절이 싫으면 중이 떠나야지. 정말 지긋지긋하다."

염불이라도 외듯 김은 중얼거렸다. 곧, 눈을 게슴츠레하게 뜨고는 탐정처럼 굴었다.

"설마 박 교수가 손댄 거 아니겠지?"

이내 '아니겠지?'에서 '아닐 거야!'로 바뀌었다. 의심의 감정을 별 다섯 개로 나타낸다 치면, 하나에도 못 미치는 수준이었다. 박 교수에 대한 의심은 좀처럼 우리 곁에 안착하지 못하고 소멸했다. 하필이면 그때 박 교수가 물랭루주로 모습을 드러낸 것도 이유였다. 우리는 윤에게 좀 더 상세히 묻지 못했다. 윤이 마음을 터놓고 사실을 말할 시간도 줄 수 없었다.

박 교수는 아무것도 모른다는 표정이었다. 한 손에는 꽃다

발 다른 한 손에는 쿠키 같은 디저트까지 가득 든 채였다. 언제나 그렇듯이 그의 행동은 매끄러웠고 자연스러웠다.

윤의 무대가 이어지고 있는 동안, 김은 박 교수와 저만치서 대화를 나눴다. 나는 그들을 숨죽여 바라봤다. 박 교수는 곧장 억울한 표정을 지어 보였다.

우리는 왜 그토록 박 교수에게 우호적이었을까. 감히 그를 의심할 생각조차 하지 못했다. 어리석게도 그를 물랭루주의 VIP쯤으로 여겼고 특별하게 대했다. 그러는 동안에 윤은 그에게 갖은 협박을 당하고 심지어 폭력에도 노출됐다.

박 교수는 번듯한 직장을 가졌고 항상 말쑥하게 차려입었다. 표준어를 구사했으며, 예의를 갖추었고, 다정하게 굴었다. 우리는 그가 하는 말과 겉으로 보이는 것을 과신했다. 박 교수는 세상에 몇 안 되는 좋은 남자라며 윤의 연애를 서슴없이 축복하기까지 했다.

공연이 끝나고 무대에서 윤이 내려오려고 하자, 박 교수는 김과 나누던 대화를 급히 마무리 지었다. 그는 무대로 달려가 윤을 옆에서 가볍게 부축했다. 이어 윤의 귓가에 대고 뭐라고 속삭였다. 곧장 윤은 환하게 웃었으며, 나와 눈이 마주쳤다.

그때, 윤의 귀에다 대고 뭐라고 말했던 걸까. 무슨 말을 했기에 그토록 감쪽같은 미소를 보였단 말인가.

그즈음이었다. 장은 내게 윤의 안부를 물었다. 평소에 두 사람은 별일도 아닌 걸로 통화하거나 가끔 만나 점심을 먹기도 하는 사이였다. 하지만 어느 날부터인가 만나는 건 고사하고 통화도 뜸해졌다며 장은 걱정했다. 윤이 넘어져 온몸이 멍투성이란 사실을 알릴까도 생각했다. 의심쩍고 찜찜한 구석이 있다고 말해줄까. 하지만 이내 다른 얘기만 늘어놓았다.

"잘 지내고 있어요. 연애도 하고요."

연애라는 말에 장은 놀란 눈치였다.

"연애요? 단 한 가지밖에 모르는 사람이라 생각했는데."

윤을 아는 사람이라면 누구든 알 것이다. 그 한 가지가 무엇인지. 나는 고개를 절레절레 흔들었다.

"그 상대가 어떤 사람인지도 알아요?"

장은 심각했다. 윤을 향한 그의 도드라진 관심이 거슬렸다. 나는 조금 과장된 칭찬까지 곁들여 박 교수가 어떤 사람 같은지를 설명했다. 듣는 내내 장은 눈만 끔벅였다.

나는 박 교수의 이미지를 말로 만들어내면서, 정작 윤에 대해서는 아는 게 없다는 걸 새삼 깨달았다. 박 교수가 윤을 좋아하는 건 알았지만, 윤의 감정이 어떤지는 확인해본 적도 없었다. 그러니까 나는, 윤에 대해 꽤 많은 걸 놓치고 있었다. 그에 반해 윤은 어떠한가. 나에 대해 속속들이 알았다. 내 삶의 그늘을 그녀에게 고스란히 들켰고 알게 모르게 의지했다. 불공평하다는 생각과 함께 수치심이 밀려왔다.

"윤 사장님은 알 수 없는 사람이에요. 자신이 어떤지는 도통 얘기하질 않으니까요. 온통 머릿속에는 캉캉뿐이고."

갑자기 뾰루퉁해진 날 보고 장은 뒤통수를 긁적였다. 그리고 말했다.

"열정적인 사람인 건 확실해요. 하지만 자기 얘기를 잘 하지 않는 건 말이죠, 그동안 들어줄 사람이…… 없었기 때문일 수도 있어요."

근방의 요양원과 요양병원의 안내 책자였다. 윤이 그걸 내게 슬며시 내밀었다. 나는 그때까지도 이 두 가지 시설의 차이점을 몰랐다. 그동안 내내 아버지를 어떻게 해야 할지 고민하긴 했지만, 실로 방치한 거나 다름없었다. 나는 윤에게 고맙다고 말하고 싶었으나 괜히 더 시큰둥하게 굴었다. 윤은 의료보험 공단에 가서 등급 심사를 신청하고 아버지를 이 근처로 모시라 했다. 당장 아무것도 포기하지 않을 방법을 나를 대신해 윤이 고심한 듯했다.

그때까지도 내 머릿속은 우리 관계가 어떻게 하면 공평해질까, 하는 생각뿐이었다. 나도 윤에 대해 어느 정도는 알고 싶었다. 그래야만 걱정도 해주고 위로도 해주는 존재가 될 수 있을 테니까.

나는 작정하고 몇 가지 질문을 입 밖으로 꺼냈다.

"그런데 다리 말이에요, 어쩌다 그렇게 된 거예요?"

상황에 어울리지 않는 뜬금없는 질문이었다. 윤도 당황한 듯 보였다. 하지만 이렇게 어색한 상황이 아니라면, 언제 또 이런 걸 물을 수 있겠나 싶었다. 그리고 이 정도 속사정은 알아야 서로 공평하게 안다고 할 수 있을 것만 같았다.

윤은 일어나서 압생트 병과 잔을 들고 왔다. 그날은 일요일이었다. 영업하지 않는 날이었으므로 공연도 없었다. 그런데 압생트라니. 윤은 한 잔을 따라 단숨에 들이켰다. 곧이어 한 잔을 더 따르더니 내 앞으로 내밀었다. 나는 잔을 받아 들고 윤을 흉내 내 마셨다. 침묵 속에서 벌어지는 결투라도 되듯.

뜨거운 기운이 서서히 몸 전체로 퍼져나갔다. 어쩐지 나도 무언가 없던 것이 생기는 기분이 들었다.

"성심이가 내 왼쪽 종아리 살과 근육을 물어뜯었어. 아 참! 내 왼쪽 새끼손가락도."

윤은 왼쪽 새끼손가락을 세워 자랑이라도 하듯 흔들어 보였다. 나는 가만히 쳐다보기만 했다. 여전히 속이 뜨거웠고 잇몸에서 열이 나는 것 같았다. 나도 무언가 물어뜯고 싶은 충동에 사로잡혔다.

성심은 핏불테리어와 스태퍼드셔 테리어 사이에서 태어난 근육질의 맹견이라고 했다. 40kg이나 되는 몸집을 하고

도 놀랄 만큼 민첩했다. 또 강력한 턱을 지녔다. 그 이름만큼
이나 주인은 정성을 다해 그 맹견을 아꼈다. 성심이 윤의 소
중한 것을 앗아갔을 때도 주인은 사람보다 개를 먼저 살폈
다. 윤은 그날의 이야기를 담담히 전해주었다.

"원장은 성심이가 행운을 가져다준다고 믿어서 늘 데리고
다녔어. 성심원의 마스코트였지. 아, 맞다. 성심원 얘기부터
해야 했나?"

성심원은 그러니까 보육원이라고 했다. 윤은 그곳에서 자
랐다. 윤의 동생이자, 장의 아내 역시 성심원에서 만났다. 두
사람은 네 살 차이였는데 사람들이 자주 친자매로 착각했다.
이름도 비슷했고 얼굴도 닮았다는 소리를 많이 들었다. 자연
스레 친자매처럼 서로 의지하며 자랐다.

몸속으로 퍼져나간 압생트의 열기가 일시에 머리로 몰렸
다. 윙윙거리는 소리가 귓전을 맴돌았고 머릿속이 백지장처
럼 하얘졌다. 그동안 내가 제멋대로 부풀린 윤에 대한 예측
이야말로 망상에 지나지 않았다.

나는 평소 생각했다. 윤은 불의의 사고로 다리는 잃었으나
이걸 제외하고는 완벽하게 다 가진 사람이라고. 남 부러울
필요 없는 그런 삶을 살았을 거라 짐작했다. 그런데 다리뿐
만 아니라 그녀는, 없는 것투성이였다.

고등학교를 졸업하면서 윤은 성심원을 나와야 했다. 하지

만 동생은 당시 중학생이었으므로 함께 나올 수가 없었다. 주말이 되면 잠깐이라도 동생을 보러 성심원에 갔다.

"건물 청소는 물론이고, 식당 서빙, 저녁에는 도서관 총무 일을 하면서 쪽잠을 잤어. 3년 정도 그렇게 일만 했더니 목표로 세웠던 돈을 모을 수 있게 되더라고. 프랑스로 떠날 여비 말이야. 그때는 무작정 파리로 가서 일도 하고, 캉캉도 배울 생각이었거든."

비자를 신청하고 대사관 인터뷰까지 마쳤다. 윤은 그날 동생에게 주려고 핸드폰도 하나 개통했다. 네가 고등학교를 졸업할 때까지 매일 저녁 통화하자. 그 후에 너도 파리에 와서 나와 함께 사는 거야. 동생에게 작별 인사를 하면서 계획한 미래도 함께 공유하려 했다. 하지만 작별 인사는 할 필요가 없어졌다. 파리가 아닌 병원에서 꽤 오랜 시간을 보내게 됐으니까.

윤은 멍한 눈을 하고 그날을 곱씹었다. 성심원 앞에 당도하자 윤을 기다리고 있던 동생이 뛰쳐나왔다. 그 뒤로 성심도 따라붙었다. 우리에 갇혀 있던 성심이 어떻게 빠져나왔는지는 모른다고 했다. 다만 동생을 덮치기 전에 윤이 먼저 성심을 끌어안았다.

왼쪽 다리는 뼈가 다 드러났다. 근육을 이어 붙이고 상처를 봉합하는 대수술을 했다. 수술은 몇 차례 더 이어졌다. 계속되는 수술과 치료 과정에서 다리는 완치는커녕 괴사하고 말았고, 결국 잘라냈다. 오랜 병원 생활로 남은 것은 빚뿐이었다.

"그럼 캉캉은 그 후에 배운 거란 말이에요?"

윤은 당연하지 않겠냐는 표정으로 고개를 끄덕였다. 믿을 수가 없었다. 미처 시작도 하기 전에 다리가 그 지경이 됐는데, 춤을 출 생각을 했다니. 윤은 자신의 끔찍한 불행을 거룩하게 받아들인 사람처럼 차분하고 진지하게 이야기를 이어나갔다.

"재활하면서 틈틈이. 물론 춤을 추게 되기까지 꽤 많은 시간과 연습이 필요했어. 생각보다 훨씬 더 많이. 그 사고로 인해 계획도 조금 수정해야 했고. 하지만 이제 정말 준비가 거의 된 것 같아."

윤의 얼굴에서 번져오는 환희를 읽었다. 그녀의 머릿결 위로 빛이 반짝거렸다.

"무슨 준비요? 설마 진짜로 물랭루주에 가서 오디션이라도 보겠다는 건 아니죠? 그냥 해보는 소리 맞잖아요? 그렇잖아요? 어린 시절에 꾸는 그런 꿈. 저도 있어봐서 알아요. 하지만……."

"Je suis une danseuse de Moulin Rouge.(나는 물랭루주의 댄서입니다) 내 다리가 의족이라서? 누구에게나 역경은 있기 마련이야. 그런다고 꿈을 꾸는 일을 그만두진 않잖아. 그건 날 방해할 수는 있지만 멈추게 하지는 못해."

윤은 내일모레면 마흔이다. 그런데 꿈이라니. 그 단어를 들먹일 수 있는 특권은 어릴 때나 갖는다. 아무것도 모를 때. 현실의 무게 같은 건 관심도 없고 느낄 수도 없는 가벼운 존재일 때 말이다. 꿈을 갖고 산다는 것이 얼마나 위험하고 고독한 일인지 윤은 여태 모르는 것일까. 나는 윤이 현실을 외면하기 위해 꿈으로 도피한다고 여겼다. 윤의 입에서 능청스럽게 그 단어가 나올 때마다 나는 민망했다. 내가 알고 있는 것과 윤이 알고 있는 것이 정말 다르게 느껴졌다. 어느 날은 국어사전을 펼쳐야만 했다. 나조차 그 뜻이 헷갈렸으니까.

[명사]

1. 잠자는 동안에 깨어 있을 때와 마찬가지로 여러 가지 사물을 보고 듣는 정신 현상.
2. 실현하고 싶은 희망이나 이상.
3. 실현될 가능성이 아주 적거나 전혀 없는 헛된 기대나 생각.

꿈! 2를 마음에 품고 이야기하지만, 결국 3일 수밖에 없는. 그게 바로 현실 아니겠는가. 나는 외면당하는 윤의 현실에 깊은 애도를 표했다.

한편으로는 이런 생각도 했다. '꿈'이라는 단어의 정의를 정립할 때, 언어 학자들은 지독한 다툼을 벌인 게 틀림없다. 그렇지 않고서야 한 단어 안에 저토록 정반대의 의미를 몰아넣을 수 있느냐 말이다. 사람들 헷갈리게. 어찌 보면 이건 잔인한 처사다. 그래, 꿈이야말로 잔인하지. 꿈은 잘 때 꾸는 것만으로도 족하다고 결론 내렸다.

나는 윤을 똑바로 바라보며 그 실체를 알렸다.

"옥상에 풍차를 세우고, 가게 안에 무대도 만들고, 물랭루주라는 간판을 단 이유가 있잖아요. 이곳에서 매일 드레스까지 갖춰 입고 캉캉을 추는 것은 이미 다 알고 있기 때문이에요. 사장님 스스로 불가능하다는 걸, 이미 틀렸다는 걸, 누구보다 잘 알고 있잖아요."

나는 그때까지도 윤을 이해하지 못했다. 단단한 망상의 껍질 속에 들어앉아 있는 윤을 밖으로 꺼내주고 싶었다. 계속 망치질을 시도했다. 한편으로는 몽상가의 솔직한 속내를 듣고도 싶었다. 나는 또다시 망치질에 최선을 다할 뿐이었다.

"모두가 사장님을 어떻게 생각하는지 아세요? 꿈이 좌절된 걸 인정하기 싫어서 자꾸만 프랑스 타령을 한다고 불쌍하게 봐요! 사장님의 꿈을 들려줄 때마다 그 사람들이 환호한다고 생각했나요? 아뇨, 그건 야유였어요."

압생트는 지독한 놈이었다. 나는 취기를 빌어 한껏 비아냥거렸다. 윤이 화를 내도 좋으니까, 인정하는 꼴이 무척 보고 싶었다.

윤은 평정을 잃지 않았다. 도리어 더욱 차분한 목소리로 나를 달래듯 말했다.

"믿음이 없다면 꿈은 모래성이야. 나라고 왜 의심이 들지 않고, 두렵지 않겠어. 그럴 때마다 나는 캉캉을 춰. 힘들어서 아무 생각이 나지 않을 때까지."

이게 우리의 마지막 대화였다. 나는 눈꺼풀이 무거워져 망치를 내려놓고 잠에 빠졌다. 그렇게 다시는 윤과 대화할 수 없게 돼버렸다.

***

"박 교수라는 사람이 벌인 짓입니까?"

선임 조사관이 물었고 대사관 직원이 곧장 통역했다. 세 사람 모두 내게 부담스러울 정도로 시선을 고정했다. 나는 힘없이 고개만 끄덕였다. 목이 멨고 눈이 쓰라렸다. 윤이 죽은 뒤로 잠다운 잠을 자지 못했다. 슬픔의 감정이 작용한 불면이 아니었다. 후회로 점철돼 남겨진, 내 몫의 시간을 마주하는 일이었다.

나는 창문을 좀 열어달라고 부탁했다. 여러 사람이 오래

머물다 보니 실내가 답답하게 느껴졌다. 잠시 누워도 되겠냐고도 물었다. 기력이 고갈됐고 두통이 밀려왔다. 대사관 직원은 나를 대신해 조사관들에게 양해를 구하는 듯했다. 그들은 흔쾌히 허락한다는 제스처를 내게 보였다.

곧이어 대사관 직원의 전화벨이 울렸고, 그는 전화를 받으러 병실을 나갔다. 어쩔 수 없이 이야기는 잠시 쉬어야 했다. 기다리는 와중에 후임 조사관이 선임 조사관에게 무슨 얘기를 하는 것 같더니 그도 병실을 나섰다. 갑작스레 선임 조사관과 둘만 있게 되었다.

침묵 속에서 몇 차례 의자 끄는 소음만이 어색한 공간을 울렸다. 약속이라도 하듯 각자 시선을 둘 곳을 정했고 멍하니 그것만 바라보고 있었다. 나는 내 보스턴 백의 떨어진 손잡이를 바라봤다. 그는 침대 모서리나 혹은 그 건너의 라디에이터쯤을 바라보는 것 같았다. 갑자기 그는 뭔가 떠오르기라도 한 듯 내게로 시선을 옮겼다.

그는 '압생트'라고 말했다. 그 정도는 알아들을 수 있다는 의미로 고개를 끄덕였다. 압생트는 어디서나 압생트였다. 이어 잔에 따라 마시는 시늉을 했다. 나는 또 한 번 고개를 끄덕였다. 이번에는 검지를 머리 위로 향하게 해 빙글빙글 원을 그렸다. 어릴 때 보던 퀴즈쇼 같았다. 뱅상카셀은 문제를 냈고 나는 이제 맞추면 되는 듯 보였다.

내가 한참 동안 정답을 외치지 못하자, 그가 힌트가 될 만한 몇 가지 행동을 더 했고, 불어도 몇 마디 곁들였다. 나는 점차 조급해졌고 할 수 있는 것이라고는 난처한 표정과 어깨를 으쓱하는 것뿐이었다. 그건 그러니까 패스라는 의미였다. 하지만 그는 포기를 몰랐다. 의자에서 일어나 캉캉을 췄다. 그러고는 내게 '윤!'이라고 정확하게 발음했다. 이것이 퀴즈가 아니라 어떤 요구였음을 나는 알아차렸다.

　그가 내게 보인 동작을 모두 이해했다. 압생트를 마시고 옥상의 풍차에 불이 들어오면 시작되는 그 무대. 그러니까 윤이 춤추는 모습을 볼 수 있느냐는 뜻이었다. 나는 내 보스턴 백에서 핸드폰을 꺼냈고, 유튜브에서 윤의 영상 몇 개를 보여줬다. 텅 빈 병실 안이 흥겨운 음악으로 채워지고 있었다.

***

　라꾸라꾸 침대에 모로 누운 채 핸드폰으로 뉴스 기사를 훑고 있었다. 곧 내게 어떤 끔찍한 뉴스가 찾아들지 상상도 하지 못한 채. 마현시를 둘러싼 실종사건의 경위가 밝혀졌고 나는 그 전말을 흥미롭게 읽고 있었다. 각종 뉴스매체에서 집중보도했다. 일 년이 넘는 시간 동안 실종된 줄 알았던, 그래서 죽었다고 생각해버렸던 여자들은 버젓이 살아있었다.

더욱이 그녀들은 실종된 것도 아니었다.

산기슭에 조립식으로 지은 종교시설이 화면에 드러났다. 그 종교시설을 운영한 교주는 불법 마약 소지 혐의로 체포됐다. 경찰은 시설을 수색하던 중 마약과 함께 실종된 여자들을 발견했다. 여자들이 제 발로 걸어 건물 밖으로 순순히 나오고 있었다. 카메라를 피하려고 얼굴을 손으로 가린 채였다. 나는 그 장면을 보면서 김의 단골들과 용두마을 사람들의 얼굴을 차례로 떠올렸다.

여자 중 일부는 집으로 돌아가기를 거부했다. 여기서 신을 목격했다고 주장했다. 마약에 취해 헛것을 보았을 것이다. 그런데 그걸 신이라고 믿어버리다니. 어떻게 저토록 어리석을 수가 있을까. 장도 이 사건을 뉴스 화면으로 보고 있을까 생각했다.

얼마 지나지 않아 장에게 전화가 걸려 왔다. 설레기까지 했다. 목소리를 가다듬고 전화를 받았다. 꾀꼬리 같은 목소리는 아니어도 금방까지 침대에 누워 있던 걸 들키는 건 곤란했다. 이제 수많은 오해를 벗겠군요, 하고 말하려 했다. 그런데 장이 먼저 이상한 말을 꺼냈다. 그들만 헛된 것을 믿었던 게 아니었다. 나 역시 그들과 다를 바가 없었다. 소문에 취해 괜한 사람을 의심하고, 정작 조심해야 할 사람은 반갑게 맞이했다는 걸 알게 됐다.

"죽었…… 어요."

주어가 생략돼 있었다. 하지만 몹시 기분이 나빴다. 문득 어린 시절 그날이 떠올랐다. 친구 집에서 신나게 놀다가 돌아왔을 뿐인데 모든 게 변해 있던. 영영 되돌릴 수 없어져버린 그날의 풍경이 교차했다. 장의 다음 말을 더 듣기도 전에 저절로 '엄마야!'가 새어 나왔다. 지능이 부족했고 정말 바보처럼 내 곁을 떠나버렸지만, 갑작스럽거나 놀랄 일이 생기면 엄마를 찾았다. 무의식적인 반응이었다.

윤을 살해하고 몇 시간 뒤 박 교수는 경찰서로 가서 자수했다. 그 일이 벌어졌을 때 윤의 무의식은 누굴 찾아 헤맸을까. 성심을 끌어안았을 때도, 결국 다리를 잘라내야 한다는 소리를 들었을 때도. 혹시 부를 사람이 없었으면 어떡하지, 생각했다. 내가 비상 연락망에 적을 번호가 없었던 것처럼.

나는 계단을 뛰어 내려갔다. 영락슈퍼 아줌마가 몇 번에 걸쳐 내게 들려줬던 경고의 메시지가 뇌리를 스쳤다. 이제는 알아도 쓸모없어져버린 것을 듣기 위해.

"저녁마다 박 교수가 윤을 데려다줬잖아? 그런데 윤이 그 차를 타기 싫어하는 눈치였어. 어떤 날은 박 교수가 윤을 질질 끌어다가 차에 태우는 것 같이 보였다고. 하지만 남의 연애사에 무턱대고 낄 수가 있나."

윤은 어느 날부터인가 뜸을 들이며 퇴근할 생각을 하지 않았다. 김은 그때마다 박 교수 기다린다며 윤을 재촉했고, 나는 카운터에 있는 윤의 가방을 박 교수에게 넘겼다.

"그런데 도희야, 진짜 이상한 건 말이야. 박 교수, 어쩌면 교수가 아닌지도 몰라. 내가 가게에 과일 들일 때 공판장에 직접 나간단 말이야. 그런데 거기서 박 교수랑 정말 닮은 사람을 몇 번 봤지 않았겠어? 처음에는 옷차림이 달라서 잘못 본 건가 했는데……."

"어떡해요. 아줌마, 아…… 어떡하냐고요."

나는 그대로 주저앉아버렸다. 손바닥으로 바닥을 내리치며 통곡했다. 왜 원통할 때 바닥을 치는지 알 것 같았다. 영락슈퍼 아줌마는 놀라서 나를 일으켜 세우려 했다. 하지만 나는 일어날 수가 없었다. 바닥에 몇 차례 머리를 내리찧었다. 아무런 감각도 느껴지지 않았다. 더 세게, 더 세게 바닥에 머리를 박았다. 바닥으로 흐르는 것이, 눈물인지 피인지 구분이 되질 않았다. 그저 온통 하얗고 먹먹한 공간에 혼자 갇힌 기분이었다.

막상 장례식장에서는 눈물 한 방울 나지 않았다. 김은 계속 소리 내어 울었다. 김이 없었다면 화장터에 견학이라도 온 사람들처럼 보였을지도 몰랐다. 그런 걸 따로 배운 사람처럼 김은 일정한 박자를 지켜가며 곡을 했다. 장은 김이 탈진이라도 할까, 물을 억지로 먹이기도 했다.

윤은 빈소도 차리지 않았다. 올 사람도, 연락할 사람도 없었다. 나와 김 그리고 장뿐이었으니까. 안치 냉장고에 3일 정도 머물렀다가 불 속으로 들어갔다. 장례 일정은 매우 짧고 순식간에 끝나버려 죽음 자체가 거짓말 같았다.

봉안당에 윤을 안치하고 나자, 김은 내게 자기 집으로 가자고 했다. 나는 이마의 통증을 핑계 삼아 거절했다. 병원에 들러 진통제를 한 대 맞고 가서 편하게 자고 싶다고 말했다. 내게는 할 일이 있었으므로.

물랭루주에 가자마자 의상을 골라 침대에 걸쳐놨다. 시간이 되면 음악과 풍차의 조명도 켰다. 여느 날처럼 기다리면 여느 날처럼 윤이 올 것만 같았다. 나는 그 일을 며칠간 반복했다.

출입문에 '喪中'이라고 붙여놓은 종이가 저절로 떨어졌다. 나는 허리를 숙여 바닥의 종이를 주워 들었다. 비로소 윤이 죽었다는 걸 실감했다.

***

통화를 마친 대사관 직원이 다시 내 옆으로 와 자리를 잡았다. 후임 조사관도 얼마 지나지 않아 복귀했다. 그는 종이

봉투 안에 든 걸 간이 탁자에 하나씩 꺼내면서도 눈은 선임 조사관이 보고 있는 영상에 가 있었다.

그가 탁자에 꺼내놓은 건 샌드위치와 샐러드였다. 손짓하며 함께 먹기를 청했다. 불과 몇 시간 전까지 그들은 나를 괴상한 사람으로 여겼다. 침대에서 겨우 몇 미터 떨어진 곳이지만, 나는 그들의 식사에 초대받았다.

나는 시간을 가늠했다. 거의 꼬박 하루를 자는 데 소비했고 창밖은 또다시 어두웠다. 파리의 또 다른 저녁이었다. 장은 지금쯤 어디일까. 그에게는 또 뭐라고 말해야 할지 막막했다.

후임 조사관은 샌드위치를 한 입 베어 물고 내게 말했다.

"잠봉뵈르."

이것의 이름인 듯했다. 바게트 안에 얇게 저민 햄과 버터가 들어 있었다. 나도 얼른 한 입 베어 물었다. 그리고 나지막하게 되뇌었다. 잘 먹겠습니다. 문득 장은 밥을 먹었을까 생각했다. 다른 소스가 들어 있는 것도 아닌데 어떻게 빵과 햄, 버터만으로도 이런 맛이 날 수 있나 싶었다.

잠시 멈춰둔 영상을 재생했다. 세 사람은 잠봉뵈르와 함께 윤의 캉캉을 즐겼다. 나는 내 오디션이라도 되는 양 초조하게 그들의 표정을 읽어가며 입안의 걸 꼭꼭 씹었다.

대사관 직원이 말했다.

"다리가 불편하다는 게 믿기질 않네요. 도대체 얼마나 많은 연습을 했으면 이토록 정교하고 자연스러울 수 있습니까? 그런데 윤은 캉캉을 어디서 배운 겁니까?"

***

박 교수는 교수가 아니었다. 프랑스에는 단 한 번도 가본 적 없는, 사기 전과 3범이었다. 모든 게 거짓이었으나, 윤을 사랑하는 감정만큼은 진실이었다고 우겼다. 그 사랑 한번 개 같았다.

박 교수는 미행을 통해 윤의 집도 알아냈다고 밝혔다. 윤은 매번 동네 입구쯤에서 내렸고 좀처럼 집이 어딘지 알려주지 않았다. 그는 윤과의 첫 만남을 회상했다. 그러면서 죽일 생각은 없었으며 오히려 함께 살고 싶었다고 말했다.

눈이 많이 오던 날, 우연히 물랭루주 앞을 지났다. 눈도 피하고 자신의 재능을 살려 몇 마디 나누다 갈 참이었다. 하지만 무대 위의 윤을 보게 됐다. 자신을 위해 춤을 추는 윤! 그 모습에 사랑을 느꼈고 윤도 자신과 같은 마음일 거라고 멋대로 믿었다.

"날 위한 게 아니라 자기 자신을 위한 것이었어요. 아무도 없이 혼자서도 춤을 추는 여자였잖아요. 난 그걸 조금 늦게 알았어요. 이미 그때는 그 여자를 사랑하고 있었다고요."

지속해서 춤을 추지 말라고 협박했다. 일부러 공연 시간
이 지나도록 차에 태워 여기저기로 끌고 다니며 괴롭히기도
했다. 그래도 윤은 춤을 췄다. 자신의 꿈을 읊으며 박 교수의
심기를 어지럽혔다.

"한 번만 더 춤을 추면 오른쪽 다리도 잘라버린다고 했어
요. 욕을 하고 때려도 소용없었어요. 조금 전까지 바들바들
떨면서, 살려달라고 외치던 여자가 매번 도망치는 곳이 무대
라니."

왜 몰랐을까. 그때마다 윤의 옆자리에 서 있었으면서 어떻
게 이토록 모를 수 있단 말인가.

"그 여자는 춤에 미쳤고, 나는 그 여자에게 미쳐 있었습니
다. 무슨 수를 써서라도 춤추는 일을 말리고 싶었어요. 나를
사랑하게 하고 싶었습니다. 집에 몰래 따라 들어갔어요. 그
런데 또 춤을 추고 있지 않겠어요? 그만, 제발 그만! 처음에
는 겁만 주려고 했어요. 춤을 추지 않겠다고 약속만 하면 죽
이지 않겠다고 했어요. 그런데 계속해서 자신은 파리로 갈
거래요. 물랭루주 댄서가 되어야 한다며 춤추는 걸 멈추지
않았어요. 죽고 싶어 환장한 년처럼."

윤이 어디에 살았는지 아는 사람은 아무도 없었다. 경찰의

도움으로 윤의 집 주소를 알 수 있었다. 나는 장과 함께 윤의 집에 갔다. 윤의 유품 정리하는 일을 돕겠다고 나섰다. 원래대로라면 김도 함께 가야 했다. 하지만 입원 중이었다. 박 교수 면회를 다녀온 뒤로 충격이 컸던 모양이다.

좁고 낡은 옥탑방이었다. 나는 주소가 잘못된 건 아닌지 다시 확인해보라고 장에게 말했다. 하지만 장은 대충 짐작한 듯 보였다. 물랭루주 의상실에서 몰래 지내다 탄로 났을 때, 윤은 내게 이렇게 말했다. 방이 하나가 아니라면, 함께 지내자고 했을 텐데. 나는 그 말을 그저 빈말 정도로 여겼다.

신발장과 바로 이어진 작은 주방에는 싱크대와 앉은뱅이 밥상 하나가 놓여 있었다. 그리고 뒤통수가 툭 튀어나온 구형 텔레비전과 비디오 플레이어가 보였다. 바닥에 놓인 델프-달프 교재가 반갑게 아는 체했다.

장은 빈 상자 하나를 접어서 방 안으로 들어갔다. 방은 의상실에 버금갈 정도로 비좁았다. 왜 이런 곳에서 살았던 걸까. 풍차도 물랭루주도 포기했다면 조금 더 멀쩡한 집에서 쾌적하게 살 수 있지 않았을까.

어느 날 윤은 비디오 플레이어가 고장 났다고 아쉬워했다. 김은 여태 그런 걸 쓰는 사람도 있냐며 갖다버리라고 했다. 윤은 인터넷으로 수리업체를 알아볼 수 있는지 내게 물었다. 겨우 한 곳을 찾았고 연락처를 윤에게 적어줬다.

한동안 김은 집 안에 문화재를 보유했다고 윤을 놀려댔다. 손님들에게도 그 이야기를 재미 삼아 했다. 옥상에 삼천만 원짜리 풍차가 놀고 있는데, 집에서는 비디오 플레이어를 쓰고 있다고.

한 손님이 장단을 맞추느라 이렇게 말했다. 돈 좀 있는 사람들이 갖는 고급 취미가 그런 거라고. 그들은 쉽게 구할 수 없는 오래된 물건을 소유한다고 했다. 물건을 통해 희소성을 사는 셈이라고 말이다.

그 얘기가 나온 뒤로 한참 지나 윤에게 문화재의 생사를 물었다. 윤은 다행히 기기를 부활시켰다고 좋아했다.

"매일 봐야 하는 게 하필이면 비디오테이프라서."

비디오 플레이어에는 아직 비디오테이프가 꽂혀 있었다. '프렌치 캉캉 교습-실전 편'으로, 겨우 그 제목을 읽어냈다. 세월이 고스란히 내려앉아 색이 바랬고 알아보기 힘들었다.

텔레비전을 켜고 테이프를 플레이어 안으로 밀어 넣었다. 지지직, 화질이 춤을 췄다. 90년대풍의 과도한 눈 화장과 지나친 머리 모양, 선정적인 색상의 옷을 입은 국적 불명의 외국 여자가 캉캉을 추기 시작했다. 나는 그녀가 윤의 캉캉 스승이라는 걸 곧 알아차렸다. 윤이 선보이던 대부분의 동작과 기술이었다. 얼마나 반복해서 따라 춘 것일까. 또 한 번 화면이 너울거렸다.

윤은 끊임없이 꿈을 꾸고 이루기 위해 하루하루를 진실하게 바쳐왔다. 비디오를 보는 동안 연습하는 윤의 모습이 눈앞에 선했다. 그제야 망상의 단단한 껍질 안에 웅크리고 있던 것은 윤이 아닌, 나였음을 깨달았다.

***

"그녀를 파리로 데려온 것에 경의를 표합니다. 나는 물랭루주 앞을 지날 때마다 윤을 기억할 것입니다."

선임 조사관이 내게 핸드폰을 건네며 말했다. 나는 대사관 직원의 입에서 그 말이 번역돼 흘러나왔을 때 머리가 멍했다. 후임 조사관도 동감이라는 고갯짓을 했고 한마디를 거들었다.

"왜 이 일을 해야만 했는지, 이제는 이해할 수 있습니다. 우리 모두 윤을 사랑하게 된 것 같습니다. 당신들의 물랭루주도 말입니다."

한참을 아무 곳이나 바라봤다. 나는 볼을 타고 흐르는 뜨거운 것을 얼른 손으로 훔쳤다. 콧물이 나오는 통에 티슈를 건네받아 창피한 것도 잊고 코를 팽, 풀었다.

선임 조사관이 그걸 보고 웃었고 무언가 생각난 듯 말했다.

"당신은 당신의 코에 대한 불만이 많지만 내가 보기에 썩 괜찮아 보입니다. 아까부터 이 말을 해주고 싶었답니다."

나는 새 코를 갖게 된 사람처럼 코 주변을 만지작거렸다. 그리고 그들을 향해 수줍게 웃어 보였다.

그때 노크 소리가 병실을 울렸다. 문이 열리고 낯익은 얼굴들이 안으로 들어섰다. 장이었다. 그 뒤로 소란스러운 목소리가 이내 따라붙었다. 누가 먼저라 할 것 없이, '김!'이라고 외쳤다.

나는 침대 위에서 어찌할 바를 모르고 몸을 연신 들썩였다. 갈비뼈 부근의 미세한 통증에 집중하며 손바닥으로 옆구리를 쓸데없이 쓰다듬었다. 반가운 마음만큼이나 민망하고 그랬다.

"파리, 파리, 노래를 부른 년은 살아서 못 오고. 우리가 와 버렸네. 잘했다, 잘했어! 네가 지금까지 한 일 중에서 제일 잘했다."

김은 잘했다고 말하면서 인정사정없이 내 등을 내리쳤다. 그러더니 나를 와락 끌어안고 울기 시작했다. 등짝이 어찌나 아리던지, 김을 따라 울뻔했다.

"프랑스 사람들이 한국인들 울보냐고 하겠네. 여기까지 왜 와서 울고 난리예요. 쪽팔리게."

나는 장난스럽게 김을 밀쳐냈다. 김은 수다로 국경을 초월하는 모습을 선보였다. 몇 마디의 불어를 더듬더듬 그들 앞에 내놓았다. 조사관들은 김! 김! 하면서 환호했다. 김은 의기양양하게 나를 바라보며 말했다.

"봤지? 내가 한국이나 프랑스나 남자들한테는 잘 먹힌다니까."

나는 모처럼 웃었다. 장은 아무 말도 하지 않았다. 뒤돌아서 천장만 바라봤다. 나는 그게 어떨 때 하는 행동인지 누구보다 잘 알았다. 예전에 아버지도 울 일이 있으면 꼭 그렇게 하곤 했으니까.

나를 바라보다

배추 간이라도 하듯이 김의 손에 들린 소금이 촤악촤악, 소리를 내며 소파와 테이블 위로 쏟아졌다. 그건 어떤 대상을 먼저 거치고 매몰차게 튕겨 나오는 중이었다. 소금 세례를 받은 이는 만둣집 사장이었다. 고기만두 한 팩과 김치만두 두 팩을 싸 들고 정말 오랜만에 왔는데, 김에게 이런 봉변을 당했다.

그도 가만히 있지만은 않았다. 성을 내면서 자리에서 벌떡 일어났다. 그 맞은편에 앉아 만두를 먹던 나는 젓가락을 가만히 내려놨다. 그는 김이 아끼는 단골 베스트5에 드는 인물이었다.

가게 안에는 손님이 두 테이블 더 있었는데, 그들도 이 놀라운 광경에 입을 다물지 못했다. 소리를 죽이고는 보기 드문 구경거리를 놓치지 않으려 했다. 만둣집 사장은 몸에 불이라도 붙은 듯 화들짝 놀라며 머리와 옷에 묻은 하얀 소금을 털어냈다. 그러곤 미쳤냐며, 김에게 다시 한번 악을 썼다.

김은 안 그래도 빠질 것처럼 큰 눈을 부라리며, 주먹에 쥔 소금을 다시 한번 그의 얼굴에다 뿌렸다. 나는 그제야 일어나서 김을 말렸다. 이미 소금은 다 써버린 상태였다. 말리려거든 진작 말렸어야만 했다. 적당히 간이 밴 만둣집 사장은 두 손을 허리께에 짚고 씩씩거렸다.

"도희야, 주방 가서 소금 통 통째로 들고 와라. 여태 정신 못 차린 것 같으니까."

김의 말에 만둣집 사장의 눈빛이 흔들렸다.

"누님, 나 진짜 서운해지려고 해! 내가 뭐 틀린 말이라도 했어?"

누님이라니. 김의 심기를 어지럽히는 단어였다. 잘못된 호칭은 아니었다. 만둣집 사장이 겉늙었지만, 장과 동창이었으므로 김보다 어린 것은 확실했다. 하지만 누님이라니! 김은 모든 남자에게 오빠라고 불렀다. 김이 주변을 의식한 듯 소리쳤다.

"내가? 내가 왜 누님이야! 너 내 나이 알아?"

결국 또 삼천포로 빠지고 마는 김이었다.

오랜만에 찾아온 만둣집 사장은 이런저런 이야기들을 재 밌게 풀어냈다. 김과 나는 일용한 야식을 먹으며 그의 이야 기를 경청했다. 그가 갑자기 장의 이야기를 꺼냈다. 그러다 벌어진 일이었다. 너무 터무니가 없어 나는 반박할 생각도 못 했다. 그냥 무시했다.

실종사건의 경위가 밝혀졌음에도 장은 여전히 미움을 한 몸에 받았다. 장에 대한 헛소문은 거듭되는 스토리텔링으로 끈질기게 구전됐다. 진실이 명명백백 밝혀지긴 했지만, 그 속도가 소문에 비해 느리다는 것이 문제였다. 그사이에 또 다른 소문이 추가됐다. 이런 이유로 우리는 살아가면서 진실 보다 거짓을 먼저 마주치게 되는 모양이었다.

"그 미친놈 처형도 저세상 사람 됐잖아. 근데 봉안당에서 몰래 뼛가루를 훔쳤다나 봐. 그놈은 전대미문의 사이코라니 까. 그 뼛가루로 그릇을 만든대. 이건 확실한 펙트야. 확실하 다고."

만둣집 사장은 큰 비밀이라도 밝히듯 장의 처형 얘기를 꺼냈다. 장의 처형이 물랭루주의 전 사장이며, 윤이었다는 사실은 모른 듯했다. 그 순간 김이 주방으로 달려 들어갔고 소금을 쥐고 나온 것이다. 솔직히 만둣집 사장은 소금을 한 되 정도 더 맞아도 시원찮긴 했다.

김이 삿대질까지 하며 만둣집 사장에게 맞섰다.

"야, 너 계속 헛소리할 거면 여기 나타나지 마. 아, 맞다! 너희 만둣집 개고기 쓰는 거 다 폭로해버린다."

브라보! 눈에는 눈, 이에는 이였다. 다른 테이블의 구경꾼들이 개고기? 하면서 웅성거리기 시작했다. 만둣집 사장은 금세 억울한 얼굴이 되었다. 큰 덩치로 펄쩍펄쩍 뛰기 시작했다. 개고기라니, 너무 그럴싸했다. 매번 먹었던 나조차 만두 맛의 비밀이 정말 개고기였나 싶을 정도로 순간 헷갈렸다.

"누님! 개고기라니? 무슨 말도 안 되는 소리를 하는 거예요!"

나는 여전히 아침에는 도담 도예방으로 출근했고 퇴근과 동시에 물랭루주로 출근했다. 동기들은 4학년이 됐으며, 난 아직도 2학년이었다. 학기 등록 시기가 다가오면 김은 성화였다. 그래도 대학 졸업장은 따야 하지 않겠느냐, 나중에 후회한다, 같은 잔소리를 퍼부어댔다. 등록금 때문에 미루는 건 아니었다. 이제는 졸업장보다 더 중요한 것을 찾았고, 내 방식을 믿기 시작한 것이다.

얼마 전, TV의 한 프로그램에 은정이 출연했다. '주천 대학교 사회복지학과 4학년, 박은정'이라는 소개와 함께 익숙한 음성이 흘러나왔다. 내가 아는 은정이 맞았다. 인터뷰 내용을 들어보니 믿기지는 않았지만, 봉사상을 받은 모양이었다.

"진정한 봉사는 상대가 도움을 요청하기 전에 먼저 알고 구원의 손을 내미는 것입니다. 제 머릿속에는 온통 봉사뿐입니다. 그래서 친구도 별로 없고 여태 연애도 제대로 해보지 못했습니다. 하지만 후회는 없습니다. 졸업 후, 사회복지시설에 취업해 지역의 복지에 힘쓰는 일이 제 꿈입니다."

은정은 세상에서 가장 선한 얼굴을 하고 카메라를 향해 또박또박 말했다. 방청객들은 손뼉을 쳤고 앵커는 감탄을 금치 못했다. 은정은 본인의 방식으로 열심히 커리어를 쌓는 중이었다. 어쩌면 그조차도 자신의 결정권 없이 아버지가 정해준 방식일지 몰랐다.

벼랑 끝에서 아래를 향해 손을 내밀고 있는 은정을 상상했다. 그 양손에는 잔뜩 기름칠이 돼 있었다. 미끄덩거리는 미소를 지으며 이렇게 말할 것이다. 어서 제 손을 잡으세요!

윤이 없어도 물랭루주는 여전히 두 차례의 공연을 이어간다. 프랑스인들에게도 깊은 감명을 준 그 윤의 무대가 영상으로 남아 있기에 가능했다. 무대에 빔 스크린을 설치해 정해진 시간마다 윤의 무대를 재생했다. 그때마다 풍차의 조명도 켰다. 누군가는 청승맞은 짓이라고 손가락질할지 모르나 김과 나는 그렇게 보통의 날을 견뎌 나갔다.

이제 다시는 윤의 무대를 찍을 수 없지만, 물랭루주의 현재를 담았고 유튜브 채널에 게시했다. 빔 스크린 속 윤을 바라보는 관객들과 조금 변화된 김과 나의 이야기도 말이다. 프랑스 조사관들도 물랭루주 채널의 구독자가 됐고 가끔 댓글도 달았다.

'당신들의 물랭루주를 응원합니다.'

'오늘 그 거리를 지나다가 문득 당신들과 윤을 떠올렸습니다.'

클리쉬 거리에서 내가 벌인 사건은 전반적인 상황이 참작돼 선처받았다. 다행히 벌금형으로 가볍게 마무리됐다. 윤에게 매료된 세 남자의 노력 덕분이었다.

김은 낮에도 물랭루주에서 영업했다. 예전의 바람대로 수제 대추차와 쌍화차를 만들어 판매했다. 그 맛이 꽤 괜찮았다. 손님들, 특히 여행객들에게 인기가 많았다.

'캉캉 대추청'과 '풍차 쌍화청'이라는 다소 억지스러운 이름을 붙여 수제청 제품을 만들었다. 장이 고급스러운 용기를 만들어줘서 다행이었다. 그렇지 않았다면 구매 욕구가 확 사그라졌을 테다.

전역한 김의 아들도 한몫했다. 그는 군대에서 엄마에 대한 미움을 씻고 온 듯 보였다. 그는 인터넷 상점을 열었으며, 수제청 판매를 도왔다.

나에게도 큰 변화가 생겼다. 유튜브를 통해 윤의 무대의상을 보고 문의가 들어왔다. 한두 벌 제작을 시작했고 점차 주문량이 늘어갔다. 김은 몇 개의 디자인 샘플을 만들어 기성복처럼 판매할 것을 제안했다. 수제청처럼 말이다. 그렇게 하면 보다 쉽고 작업 속도도 빠르긴 할 것이다.

나는 주문이 들어올 때마다 직접 그 사람을 만나러 갔다. 정확한 치수 측정도 이유지만, 의상에 각자의 사연을 담아주고 싶었다. 의상을 만들 때 무대를 이해하고 그 사람을 아는 것을 중요하게 생각했다. 한 벌을 제작하는 데 꽤 많은 시간이 소요됐다. 하지만 고객들도 너그러이 기다려줬고 재주문도 나날이 늘었다.

물랭루주의 월세는 본래 옥상 포함 삼백만 원이었다. 김은 주인과 양주 한 병을 놓고 잔을 주거니 받거니 두 시간이 넘게 이야기하더니, 월세를 백만 원이나 깎았다. 나와 김은 그 월세를 함께 감당하기로 하고 물랭루주를 그대로 인수했다. 처음 우려와 달리 월세를 내고도 물랭루주를 통해 꽤 많은 이윤을 남길 수 있었다.

나는 '부티크 물랭루주'로 사업자등록을 했다. 무대의상 디자이너 임도희로 본격적인 활동을 시작한 것이다. 물론 물랭루주 안의 의상실에서 계속 작업을 이어갈 뿐이지만 말이다.

일주일에 한 번은 아버지를 보러 간다. 아버지는 윤이 추천했던 근처의 요양원 가운데 하나로 정해 모셨다. 아버지는 정신이 온전치 않을 때는 여전히 편지를 배달한다. 어깨끈이 해지고 표면의 가죽이 듬성듬성 벗겨진 집배원 가방을 멘 채, 요양원 안을 돌아다녔다.

이제는 빈 봉투 대신 입소한 어르신들끼리 주고받는 편지나, 방문한 자녀들이 남긴 메모를 병실마다 다니며 전달했다. 읽지 못하는 이들에게는 낭독 서비스도 추가됐다. 요양원 측의 배려였다.

아버지는 나를 알아보는 날에는 눈길조차 주지 않았다. 차라리 못 알아보는 날이 나았다. 생전 처음 들어본 이름으로 나를 부르고, 집배원 가방 속에 내게 줄 우편물이 있는지 한참을 찾곤 했다.

문득 나는 아버지에게 편지를 쓴 적이 없다는 것을 알았다. 아버지는 남들에게 편지를 전하기만 했지 자기 앞으로 온 편지를 받아본 적은 있을까. 체납 고지서는 이골이 나게 받았지만 말이다. 아버지에게 편지를 쓰기로 마음먹었다. 아버지와 대화할 수 있는 유일한 방법이기도 했다. 곧장 문구점에 들러 편지지를 하나 골랐다.

그동안 미처 들려주지 못한 내 이야기들을 편지에 담을 것이다. 의상 주문이 꽤 많이 들어오고 있다는 것. 좋아하는 남자가 생긴 것도. 테이저건에 맞은 이야기는 놀랄 수도 있으니까 빼야겠지. 김이 들려준 것 중 재밌었던 이야기들. 물랭루주와 윤에 관한 이야기는 여러 차례에 나눠 써야 할 것 같다. 그리고, 나와 엄마, 아버지에 대한 추억들. 엄마의 드레스는 꼭 다시 만들어서 보여드리겠다고 쓸 것이다.

우체국에 들러 크리스마스 씰도 구매했다. 또다시, 겨울이 오는 모양이었다.

선반 위의 반쯤 남은 압생트 병을 가만히 들여다본다. 윤이 남기고 간 에메랄드빛의 그것. 압생트는 병 안에서 출렁였다. 마치 바다처럼 보였으며, 윤이 그 위에서 여전히 캉캉을 추는 듯했다.

어느 날인가 내가 윤에게 말했다.

"전 남들처럼 살아보는 게 꿈이에요."

윤은 미소 지으며 말했다.

"남들처럼 사는 건 꿈이라고 할 수 없어. 너답게 사는 게 꿈이지."

사람은 누구나 꿈을 꾼다. 그것이 일찍 메말라버린 사람도 있고, 여전히 출렁이는 사람도 있다.

지리멸렬한 생은 여전히 내 앞에 서 있다. 수많은 의심을 토해내고 나를 뒤흔든다. 하지만 더는 울지 않은 채, 나를 온전히 바라볼 수 있는 용기가 생긴 듯했다. 옥상의 풍차가 또

다시 기이억, 기억, 소리를 냈다.

나는 오늘도 물랭루주에 있다.

물랭루주에서
왔습니다

1쇄 발행 2023년 10월 30일

지은이 최난영
펴낸이 배선아
편 집 박미애
디자인 이승은
펴낸곳 고즈넉이엔티

출판등록 2017년 3월 13일 제2022-000078호
주　　소 서울특별시 마포구 성지1길 35, 4층
대표전화 02-6269-8166 **팩스** 02-6166-9199
이 메 일 gozknockent@gozknock.com
홈페이지 www.gozknock.com
블 로 그 blog.naver.com/gozknock
페이스북 www.facebook.com/gozknock
인스타그램 www.instagram.com/gozknock